把你藏在雨季

只有雨落下時，
我才能毫無顧忌哭著想你。

禾子央

in the Rain

楔子

嘩啦——嘩啦——

我睜開眼，成串的雨交織成整片霧濛濛的水氣，滂沱的雨聲不斷在耳畔炸開。

「煩死了，怎麼這時候在下雨啦！」

青澀的女聲撕開層層水霧，雨聲頓時成了不起眼的背景音樂。

女孩滿臉焦急地站在窗邊，視線不停在手錶和窗外的雨勢來回。

「妳說是幾點的火車啊？」一旁的少年湊了過來。

「兩點五十分。」

「還有一個多小時，說不定等一下雨就停了。」

「真的嗎？」女孩露出了笑容，少年點點頭，寵溺地摸了摸她的頭。

別傻了，這場雨才不會停。

三十分鐘後，雨不但沒有停，反而越下越大。

「怎麼辦？」女孩望著少年，似乎快要哭出來。

「小依，還是我們明天再去？」

「可是哥你明天下午不是就要回台北了嗎？今天是我們好不容易喬好的時間……」

少年望著女孩泫然欲泣的臉，像是在思索著什麼。

不，不要說……

「好吧，不然我們現在出發，慢慢騎去火車站好了。」

不，不要答應……

「好！」

不行！不要去——

第一章　雨季的序幕

「小依！」

我倏地睜開雙眼，白色的天花板映入眼簾，窗外金黃的暖陽照進屋裡，夢裡震耳欲聾的雨聲消失了。

室友佳佳坐在我的床邊，拿著衛生紙不斷幫我擦拭臉上的汗。

我緩緩坐起身，懷中的泰迪熊掉落床邊。

「小依，怎麼了？是不是又做惡夢了？妳睡到滿身大汗。」

睡衣整個濕透貼在身上，我抹了抹頰上的汗水，「大概淋了場雨吧。」

「難道又夢見妳哥了？」

「嗯……」我望著發顫的雙手，思緒還沉浸在方才那場大雨。

「怎麼又夢到了？妳跟老斌在一起後，不是已經好很多了嗎？」

我回答不出來，因爲我也不知道這漫長的雨季，何時才會結束。

「妳今天乾脆叫老斌陪妳去高雄回診吧——」

「不行！我不想讓老斌知道我會做惡夢，而且……我更不想在醫院度過生日。」

「那妳至少答應我，下次回高雄就去回診，嗯？」

我搖了搖頭，「這輩子我真的不想再踏進醫院了。」

「如果變得更嚴重怎麼辦？」

「這是心病，本來就沒藥醫，我也不想一直依賴藥物。做這個夢只是偶然，我真的沒事，妳不用擔心。」

「那妳又心悸發作到喘不過氣怎麼辦？」

「不會再有那種事發生了。」

佳佳神情嚴肅地盯著我，我有些心虛地別過頭。

鈴——

手機鈴聲彷彿救命符及時響起。

在我準備接起時，佳佳卻突然攔截，「是老斌，我接吧，妳先梳洗一下。」

佳佳抬起下巴往時鐘的方向點了點，我這才嚇得跳起來衝進浴室。

「喂？老斌你提早到嘍？小依早上便祕啦！所以耽誤了一點時間，你可能還要再等一陣子……大概三十分鐘？」

站在浴室門口的佳佳看向我，我比了個「OK」的手勢。

「小依沒事啦！有我在，你不用擔心！」

佳佳掛完電話，朝我走來，「順便沖個澡吧，妳衣服都濕透了。等等敷個臉，不然妳的臉看起來實在太慘了，壽星便祕就算了，還像個黃臉婆，慘上加慘。」

「好啦！妳不要再汙辱壽星了！」我翻了個白眼，關上浴室門。

洗完戰鬥澡，一走出門，佳佳便將我按在化妝台的椅子上，幫我敷上面膜。

「敷個十分鐘吧，順便消腫。」

面膜吸收完後，眼睛稍微消腫了一些，我便開始化妝，佳佳同時幫我搭配衣服、收拾包包。

待我換好衣服，一切準備就緒，時間剛剛好。

佳佳滿意地點了點頭，「很棒！壽星就放心地去過生日吧！」

「謝謝親愛的佳佳，沒有妳，我該怎麼辦？」我抱住佳佳，作勢要親她。

「夠了、夠了，妳的粉底別沾到我。」佳佳嫌棄地推開我，「對了，妳洗澡時，阿凱學長一直傳訊息給妳，妳有空看一下吧。」

我頓了頓，「喔，好喔。」

「好啦，快出門，祝妳跟老斌有個火熱的約會。」佳佳朝我拋了個媚眼。

我踩著高跟鞋快步走下樓，獨自一人走在樓梯間讓我又想起那場夢，我搖了搖頭，試著甩開混亂的思緒。

走出宿舍大門，就看見在樹蔭下滑手機等待的老斌，彷彿心電感應般，他正好抬頭與我對上眼，見他彎起嘴角，我心中所有不安瞬間煙消雲散。

「肚子還好吧？」

「沒事，清得一乾二淨。」我尷尬地笑道。

「正好可以裝下待會的大餐。」

「啊……老斌，那間燒肉我們可以下次再吃嗎？」

「怎麼了？肚子還是不舒服？」老斌停下腳步，擔憂地看著我。

「不是啦！我只是現在很想吃冰而已，我們先去吃冰好嗎？」

「知道了，反正壽星最大嘛！」老斌笑著牽起我的手。

進入初冬的十一月，對於台南來說還是跟夏日沒什麼區別，豔陽高照的中午，非常適合來一碗清涼的刨冰。

找到座位後，在老斌去櫃台點餐時，刨冰店正好走進一群學生，我的目光追著他們，直到他們嘻笑入座。

「在看什麼？」點完餐的老斌在我對面坐下。

「沒事，只是覺得青春眞好啊。」

「妳現在也很青春啊，才二十歲在感嘆什麼？」老斌失笑，「話說回來，妳明明小我一屆，現在卻比我早過二十歲生日……我每次想到這都覺得很錯亂。」

「不需要錯亂，叫聲姊姊來聽就對了。」

「妳才大一，應該要叫我學長。」

「是是是，小我兩個月的學長。」

老斌被氣笑，摸了摸我的頭，起身說道：「等我一下，我拿個東西。」

等他回座時，將一個紙袋遞給我。

「本來想在燈光美、氣氛佳的餐廳再送妳的，不過我想心意應該不受限於環境吧？生日快樂。」

「哇！謝謝！我可以現在拆吧？」我心急地拆開包裝，裡頭躺著一隻米色泰迪熊。

「我試探過佳佳，但妳好像沒什麼想要的東西，她只說妳睡覺習慣抱著娃娃，我想說再買一隻讓妳可以替換……不喜歡嗎？」

老斌越說越小聲，我才意識到自己看著泰迪熊發呆太久了。

「我很喜歡啊！這樣可以跟我的阿几作伴了。」我把泰迪熊抱在懷裡。

「阿雞？該不會是妳的娃娃的名字吧？是一隻雞嗎？」

「不是雞啦！是茶几的几，也是隻泰迪熊。」

「我怎麼剛好也送了泰迪熊……那我送的這隻呢？妳要取什麼名字？」

「嗯……叫阿文好了。」

「阿文？這名字感覺很俗氣欸！」

「哪會！明明就很可愛。」

老闆正好將冰送來，阿文這個名字就這樣無條件通過了。

「對了，剛剛我在等妳的時候，阿凱學長打電話給我……啊，說人人到。」老斌話說到一半，便開心地向門口的人打了招呼。

我差點被珍珠噎死，低聲問老斌，「他來幹麼？」

「阿凱學長說想請妳吃飯，可妳都不回他，他就打給我了，我跟他說我們來吃冰，他說他也要來。」

「蘇芷依，妳的手機是裝飾用的喔？」阿凱大搖大擺地坐到老斌身旁的空位，目光停留在我懷裡的泰迪熊幾秒。

「你的腦袋才是裝飾用的吧！沒看到我跟老斌在約會嗎？」我瞪向阿凱，卻瞥見身旁的人影，「……學姊好。」

「嗨，小依生日快樂。」瑾荷學姊笑了笑，順勢坐到我身旁的空位，「阿凱一直吵著要來請妳吃飯。」

「呃……其實不用啦。」我尷尬地笑了幾聲。

「怎麼可以不用？身爲妳哥，這頓我請了！」阿凱激動地拍了拍桌子。

「哇！吃冰才多少錢，這樣就敢說是我哥喔？」

「妳還敢說？是誰都不接電話也不回訊息的？」

「好了，你們別吵了，冰都要融化了。」老斌出面緩頰，將菜單遞給阿凱，「你們先去點餐吧！」

他們離開座位後，我將泰迪熊裝回紙袋，抬頭正好撞見瑾荷學姊投來的目光。我還來不及調整表情，她就移開視線，挽著阿凱的手臂繼續點餐，我差點被嚇出一身冷汗。

他們回座後，阿凱也盯著那群學生看。

「在看什麼？」瑾荷學姊循著阿凱的視線看過去。

「沒有啦，看到那些穿制服的學生就覺得很懷念。」

「阿凱學長跟小依一樣很會感嘆呢，小依剛剛也看著那群學生說青春眞好。」

老斌笑著說完，瑾荷學姊立刻看向我，害我背脊一陣發涼。

阿凱笑了笑，「也是啦，畢竟我跟小依還有她哥，以前學生時期常一起吃冰。對了，今天壽星心情不好喔？不然怎麼突然來吃冰？」

「啊？我想吃冰就吃冰啊！」

「妳不是心情不好就會想吃冰？」

「妳心情不好？」老斌疑惑地看著我，瑾荷學姊也一臉探究。

「哪有？我開心也想吃冰啊！何延凱你有事喔？」

我瞪著阿凱那礙眼的酒窩，忍著想拿湯匙將它狠狠戳爛的衝動。

老闆正好送來了餐點，見瑾荷學姊收回了目光，我暗自鬆了一口氣。

「對了，我從之前就想問，阿凱學長不是跟妳哥同年嗎？但妳怎麼都沒喊他『阿凱哥』啊？」老斌向我問道。

「阿凱的智商太低，我叫不出口。」我聳聳肩。

瑾荷學姊突然摀住嘴，剛入口的酪梨牛奶差點噴出來。

「喂，吳瑾荷……妳是不是在偷笑？」阿凱沒好氣地瞪著她。

「學姊，妳是不是覺得我說得很中肯啊？」我得意地揚起嘴角。

瑾荷學姊被嗆到咳嗽，卻掩不住臉上的笑意，伸手向我比了個大拇指，原本有些緊繃的氣氛終於緩和了一些。

「你們國小就認識了，到現在應該十多年了吧？」

「差不多，我九歲的時候轉學到她哥的班上，後來我們三個就很常一起玩。」

我假裝沒事地狼吞虎嚥，因爲我一點都不想參與這個話題。

「那……你們感情一定很深厚，前幾年怎麼會突然失聯？」瑾荷學姊倒是對這個話題非常有興致的樣子。

「小依說她那陣子生病，休學了一年，所以才會小我一屆。」老斌代我回答，見我吃完了，他撈了些自己的八寶冰到我碗裡。

「等等！你那一匙有芋頭！」阿凱突然大喊。

感受到氣氛忽然凝結了幾秒，我趕緊掛起笑容掩飾內心的驚慌。

「因爲我吃到芋頭會過敏啦！哈哈哈！」

「妳怎麼沒說？早知道我就不點芋頭了……」老斌有些自責地看著碗裡的芋頭。

「你喜歡吃就點沒關係啊！我別吃到就行，而且我們之前也沒一起吃過冰，你不知道很正常啦！」說完後，我惡狠狠地瞪向阿凱。

「喔……對啊！我也是因爲小依她哥才知道的啦！哈哈哈。」阿凱接收到我的眼神後，跟著乾笑了幾聲。

「我還想問個問題。」瑾荷學姊忽然轉向我，「妳是因爲阿凱才來讀這間大學的嗎？」

我瞪大眼，隨即放聲大笑，「怎麼可能啊！我純粹是前兩個志願都沒上，才來這裡的，當時我也沒想到阿凱這個白痴讀這間學校。」

「喂，蘇芷依妳說誰白痴？跟我同校是妳的榮幸！」

阿凱激動的反應又把瑾荷學姊跟老斌逗笑。

有驚無險地吃完剉冰後，我和老斌還有瑾荷學姊一起在門口等阿凱結帳完。

「蘇芷依，妳的。」阿凱出來後遞了一杯飲料給我。

「幹麼給我？」

「妳不是每次吃完冰都會再喝一杯木瓜牛奶？」

最怕空氣突然安靜……

「好啦，生日快樂，我們走嘍。」阿凱硬是將木瓜牛奶塞進我的手裡，還順便摸了我的頭，接著就跟瑾荷學姊並肩離去。

天啊！我眞的應該把何延凱埋了！

◆

「喂，蘇芷依，妳可以不要把『眼神死』演繹得這麼淋漓盡致嗎？」

「完蛋了……瑾荷學姊一定把我列入黑名單了。」

跟老斌吃完午餐後，我一回到宿舍，就抓著佳佳把發生的事全說了。

「妳這號人物一出現，就已經被她列入黑名單了吧？」

「所以我才不想跟阿凱那個白痴見面嘛！本來學姊對我的敵意好不容易沒有一開始那麼強烈了，沒想到那個智障又來個回馬槍……我眞的很想掐死他！」我邊說邊作勢掐阿几的脖子。

「喂！妳不能因爲有了阿文這隻新歡，就這樣對妳的舊愛阿几啊！」

佳佳一把救下阿几，將它擺在阿文旁邊。

「但阿凱學長這些已經十幾年的習慣，一時半刻也很難改掉吧？」

「誰知道？」我望著床頭那兩隻一深一淺的泰迪熊，最後伸手拿了阿几抱在懷裡。

「老斌怎麼說？」

「沒說什麼，就是一直笑而已。」

「怎樣的笑法？是笑裡藏刀？還是強顏歡笑？」

「都不是，他還笑到流淚！我看他是把我跟阿凱當作搞笑節目在看。所以……佳佳我僱用妳，去把何延凱埋了吧！」

「我不幹，這樣才有好戲可以看。」佳佳給了我一個大大的笑容。

可惡，居然連佳佳都把我當搞笑藝人了？

到了傍晚，跟我同班的青兒、怡雯和小芸抵達宿舍，我跟佳佳下樓跟她們會合，五人一同擠上計程車前往KTV。

她們三人很常來串門子，久而久之也跟佳佳成為好友，我們便常常五人行。

剛踏進包廂，怡雯就衝到點歌機前坐定，推了推占據她半張臉的大眼鏡，神情嚴肅地點完一長串歌單後，便抓著麥克風站在大螢幕前，閉著雙眼醞釀情緒。

「各位……那個瘋女人要開始了。」

我們很有默契地拿出手機對準怡雯。

前奏一下，怡雯就開始忘我地亂舞。明明不是搖滾樂，她卻搭配著甩頭、刷空氣吉他的動作，我們拿著手機的手都因為憋笑而不停顫抖。

螢幕上的盧廣仲掛著憨厚的笑容，怡雯從〈早安，晨之美！〉唱到〈歐拉拉呼呼〉，再唱到〈OH YEAH!!!〉，伴隨著她自創的舞蹈，就像在開演唱會一樣聲嘶力竭。

平常最安靜的怡雯只要來到KTV都會就地引爆，一定要用自嗨歌組曲揭開序幕，唱完後才會心甘情願地把麥克風讓給其他人。

等她中場休息吃飽喝足之後，又會點一排抒情歌，忘我地融入歌曲，幻想自己失戀而跪地痛哭——但她根本沒談過戀愛。

「好不好？好不好？好不好？答案沒有什麼好不好！」已經陷入自我世界的怡雯，突然抓住進門的服務生，對他唱著盧廣仲的〈我愛你〉。

「她、她是不是喝醉了？」服務生愣在原地不知該如何是好。

「她是我們這群唯一不喝酒的。」

「我愛你，你知不知道？OHOH——」怡雯無視我們的對話，繼續對著服務生熱唱，而服務生則一臉驚恐地望向我們討救兵。

我們笑到淚流不止，小芸上前接替服務生的位置牽起怡雯的手，服務生藉機落荒而逃，才結束了這場鬧劇。

包廂結束前一小時，佳佳請服務生將我們寄放的蛋糕送過來，方才被怡雯「告白」的服務生先在門口確認怡雯的位置後，才躡手躡腳地沿著沙發邊緣走進來。

已經結束演唱的怡雯看到蛋糕後站起身來，服務生下意識地用手擋在身前防備，怡雯不解地望著眼前舉止怪異的人，我們在一旁憋笑到差點內傷。

爲了表示歉意，我切了一塊蛋糕送給服務生。

最後，我們合唱S.H.E的〈老婆〉做了結尾。

在KTV門外，待其他人都離開後，佳佳抓著我的手，滿臉愁容，「妳今天眞的要一個人睡嗎？」

「眞的，妳就放寬心地睡小伍家吧。」我拍了拍佳佳的手，給她一個堅定的眼神，「生日的最後一刻，我想把時間留給我哥。」

「可是妳今天早上才做了惡夢——」

「佳佳，我眞的沒事，妳不是叫我試著放下嗎？或許哥也是想告訴我，這是最後一次夢到他了。」

佳佳緊鎖的眉還是沒有鬆開，「好吧，那妳自己一個人搭車小心，回到宿舍馬上跟我說。」

「知道了，不用擔心，我也會跟哥說他的『職務』後繼有人，室友操心我的程度跟他完全不相上下呢！」

佳佳被氣笑了，見她終於放下心，我攔了一台計程車，在她和她男友李小伍的目送下，趕緊上了車。

回宿舍只有不到十分鐘的車程，下了車後，我先傳訊息和佳佳報平安，又到超商晃晃，買了一瓶梅酒和一支冰棒。

入夜後才稍微有屬於初冬的冷意，微風輕撫而來，正好冷卻了我因爲微醺而發燙的雙頰。站在宿舍大門前的操場一隅，我情不自禁地闔上雙眼感受此刻舒適的靜謐，混亂的思緒也因此沉澱了不少。

「小依。」

我倏地睜開眼，不確定剛剛是不是幻聽。

「小依。」

我試著尋找聲音的來源，但昏暗的四周讓我有些害怕，本想拔腿狂奔，卻突然有道身影擋在我身前——

「啊！南無觀世音菩薩阿彌陀佛！」

「我不是鬼啦！是我啦！」

看清眼前熟悉的面孔後，我差點飆出髒話。「何延凱你這王八蛋！幹麼在這裡嚇人啦！」

「我發誓我沒有想嚇妳。」阿凱領著我走到一旁的長椅坐下，一臉無辜。

「算了，是我眼殘，沒發現你剛剛在我旁邊。」藉由長椅旁佇立的路燈，我才看清楚阿凱的臉，「你喝了多少酒？臉紅成這樣，還全身酒臭味。」

「也沒喝多少，就是覺得現在好像不管喝幾瓶都不會醉。」

「怎樣？你打算跟哥一樣當酒鬼啊？」我邊說邊將冰棒拆來吃，沁涼感直衝腦門，瞬間趕走了煩躁。

「眞好，妳都沒變。」

「你倒是變了很多，想當年喝不到一瓶酒就醉到不省人事的你，現在竟然還能紅著臉來跟我發酒瘋！」

阿凱盯著我好一陣子，「一天之內就吃了兩次冰，看來妳是眞的心情不好。」

我尷尬地抿了抿唇，現在沒有其他人在，要我刻意反駁十幾年來看著我長大的人，確實有點愚蠢。

「跟老斌吵架了嗎?」

「我們就算吵,也是在吵誰比較愛對方。」

阿凱大笑,「那就好。」

「喂!你幹麼搶我的酒?」我急忙喊道,但阿凱已經拿走我方才放在一旁的梅酒,打開喝了一大口。

「梅酒不是阿凡的最愛嗎?」

「我就是要買給哥喝的啊!」

「所以我才要幫他喝啊,別忘了,我也是妳哥。」

「什麼歪理……我才沒你這麼蠢的哥哥。」我嘖了聲,正好瞥見他露在口袋外的木雕鑰匙圈,上頭用熟悉的字體刻著「凡」字。

「啊對了。」阿凱將一個紙袋遞給我,「生日禮物。」

我接過紙袋,裡頭是包裝精美的巧克力禮盒,「你有事喔?不是都請我吃冰了?」

「總覺得妳生日還是得送點什麼,不然有點過意不去。」

「知道了,謝嘍!阿凱……哥!」

阿凱差點被剛入口的梅酒嗆到,「算了算了,實在太噁心了。」

我詭計得逞地哈哈大笑。

「還有去年……沒幫妳過生日,抱歉。」

我把頭別開,「不是你的錯,當時是我先失聯的,對不起。」

「小依,我沒有那個意思,也不想聽妳道歉——」

不想繼續這個話題，我刻意打斷阿凱的話，「今天早上，我夢見哥了。」

「是嗎？看來阿凡想妳了。」

「我很想哥。」我抬頭，遙望夜空中的繁星。

「我也很想阿凡。」

「我從來沒想過自己二十歲的時候會是什麼模樣，不過偶爾會想起哥曾經跟我說過，等我二十歲的時候要教我開車……結果他自己連開車都還沒學會，就不在了。」我苦笑。

「我教妳。」

「才不要。」我嫌棄地瞪了阿凱一眼，「哥說如果不是他教我開車，就不要學了，以後給他幫我審核過的老公載就好。」

「天啊……妳哥眞的是妹控啊、妹控！」

「妹你媽的控。」

「妳學妳哥講話的口氣簡直一模一樣。」

「廢話，我是他妹啊！」說完，我們兩個都放聲大笑好一陣子。

直到一隻大手輕摸我的頭頂，我才驚覺自己不斷落淚。

我低著頭默不作聲，已沒有多餘的力氣甩開阿凱的手，哭了一陣子後，我才回過神來匆匆跟阿凱道別。

回到宿舍，我窩在書桌前，望著桌上鑲著彩色馬賽克的玻璃相框。

照片裡的哥和我都穿著高中制服，只是哥多別了一朵代表畢業生的胸花，矮了他一個頭的我則抱著一大束黃澄澄的向日葵。

他摟著我的肩，我們的笑容同樣燦爛。

「哥，你的梅酒被阿凱搶走了，你自己去找他算帳吧！」我邊說邊拆開阿凱送的巧克力禮盒。

「呃，這個好甜喔，你一定不會喜歡。」

「阿凱說我都沒變，但他自己倒是變滿多的，你若看到他臉已經紅得像關公，還能走直線，一定會嚇到下巴掉下來！」說完，想像著哥的反應，我笑了幾聲。

「哥，我會乖乖聽你的話，不學開車。下次帶老斌回去給你看看，你一定也會喜歡他的，嗯？」

「哥，我的生日剩下最後幾分鐘了，祝我生日快樂吧！」

「哥，你在那邊過得好嗎？我好想你……」

「哥，對不起……都是我害的……」

午夜十二點，我過完了第四個沒有哥的生日。

第二章　稍縱即逝的顏色

這學期學校的社團發表會跟校慶運動會舉辦在同一天，早在期中考之前，吉他社社員就已經分好組別、各自練習。

「……我說，何延凱爲什麼在這裡？」我瞪著眼前嘻皮笑臉的阿凱。

「我是吉他社的王牌前社長，來這裡探班很正常啊！」阿凱一臉理所當然。

「來的路上遇到阿凱學長，就一起過來了，正好可以問他一些發表會的事。」老斌抱著吉他，坐在我身旁。

「蘇芷依，妳能夠同時認識現任跟前任社長，是莫大的榮幸耶！」

「抱歉，我只想認識現任社長。」我敷衍地回應，阿凱作勢要揍我，惹得老斌一陣笑。

「對了，你們兩個要唱什麼歌？男女合唱？」

「沒有，應該是我彈，小依唱歌，但我們還沒決定曲目。」

「蘇芷依妳不彈啊？」

「老斌比我厲害多了，我不想拖累他。」

「哪會，妳最近進步很多啊，都可以彈完一整首歌了。」

首呢！」

「真假？」阿凱一臉吃驚，「加入吉他社果然就是不一樣，想當年妳的極限只有半

老斌看向我，「妳以前學過吉他？我還以為妳完全沒基礎。」

「喔……是很久很久很久以前學的，基礎什麼的當然早就忘了。」

「沒錯，她記性眞的很爛，當時我早上教她DoReMi，下午她就忘記了。」

媽的……到底誰可以把何延凱的嘴堵住？

「是阿凱學長教小依的嗎？」

「對啊，我那時候想當吉他家教，就抓她跟她哥來當練習對象——」阿凱說到一

半，便被他的手機鈴聲打斷，「我有事要先走了，決定好唱什麼再跟我說，你們表演那

天我會去看的。」

「快走吧！別打擾我跟老斌的兩人世界。」

「妳這個臭小鬼……下次不要再掛我電話，也不要再已讀不回了，聽到沒？」

「我考慮一下。」我敷衍地揮了揮手。

阿凱走後，我假裝認眞研究吉他的和弦，實際上手心卻不停冒汗。

「怎麼不跟我說？」老斌率先打破沉默。

我吞了口口水，「說……什麼？」

「說阿凱學長教過妳吉他啊，當初妳剛入社，我還很蠢地從吉他的拿法教妳……」

「拜託，那都是六、七年前的事了，這期間我完全沒碰過吉他，連拿右邊還是左邊

都忘了。而且那時候不讓你教我，我們要怎麼進展神速？」我對老斌曖昧一笑。

「說得也是。」老斌笑道，「對了，妳想好要唱什麼歌了嗎？」

「嗯……我還沒有想法，怎麼辦？」

「沒關係，這禮拜之前決定好都還來得及，反正不管妳想唱哪首，我都沒問題。」

老斌說完便隨手彈了一段熟悉的旋律，「知道這首嗎？」

我和老斌相視而笑，「當然知道啊！是周杰倫的〈晴天〉，也是我們相遇那天，你唱的歌。」

「我還記得妳那時候躲在門後面偷聽。」

「我是正大光明的聽！」

「妳當時哭了吧？」

我抿了抿唇，「……你看見了？」

「嗯，我當時在想，這明明是一首很輕快的歌，爲什麼妳會聽到哭呢？」

「這首歌很悲傷啊，最後一句歌詞是『但故事的最後，妳好像還是說了拜拜』。你聽，是悲劇吧！」

「喔？眞的耶，我怎麼都沒發現？」老斌跟隨著我的歌聲刷著和弦，「要不我們發表會就唱這首歌，讓它有個美好的回——」

「不要。」

「妳也拒絕得太快了吧？這好歹也算是我們的定情曲，我太傷心了。」

「不是啦！我沒有那個意思！我只是……只是想唱女生的歌啦。」我越說越小聲。

「好啦，我開玩笑的。妳想唱哪個歌手的？妳的聲線比較細，音又偏高……陳綺貞嗎？或是徐佳瑩？還是妳想唱非主流的？」

我的腦海迅速閃過多位女歌手的面孔，卻始終沒有結論。

「我想一下。」

老斌見我在沉思，也沒再繼續問，隨意彈奏著歌曲。

我望向今早就持續昏暗的天空，此時一道閃電即逝，沒多久便傳來轟隆的雷聲。

嘩啦——嘩啦——

雨聲頓時包圍整座校園。

我緩緩揚起笑，「我想到要唱什麼了，而且是一定要唱的一首歌。」

校慶運動會這天是週六，吉他社社辦一大早就被擠得水洩不通，每個人都卯足全力做最後練習。

社團發表會的地點在大禮堂，距離我跟老斌的演出還有一個多小時，我們幾人決定先到小芸他們街舞社練習的空地消磨時間。

「啊嘶……看看那個男人的肌肉。」青兒緊盯著那幾個拉起衣襬擦汗的街舞社社員。

「嘻嘻。」怡雯則是看著兩個勾肩搭背的男生，發出不明所以的笑聲。

「妳們兩個變態適可而止。」我在一旁冷冷說道。

「佳餚遠在天邊，近在眼前，不能吃，總可以看吧？」青兒和怡雯連看都不看我，繼續欣賞她們的「佳餚」。

「你們怎麼都來了？」小芸跑過來，似乎是剛練完舞，滿頭大汗，我們這群稱職的啦啦隊見狀馬上幫她擦汗、遞水。

「妳上次說很帥的學長是哪個啊？」最八卦的青兒摟住小芸的肩，掃視著四周。

「小聲一點啦！」小芸原本泛紅的臉頰，此時又更紅了，「是那個很高，頭髮有點微捲，還帶著紅色髮帶的那個……他是四年級的，也是我們的社長。」

「哇！不錯耶！」青兒順著小芸指的方向望去，那位學長不知道是不是聽到動靜，忽然看了過來，「喔靠！他該不會聽到我們講話了吧？」

「夠嗆！妳們害死我了啦！他走過來了，怎麼辦？」小芸慌張地抓著我們，我跟青兒也在一旁不知所措。

眼看著學長越走越近，我和青兒很有默契地將小芸推了出去。

「學長，有什麼事嗎？」幸好小芸的臨場反應還不錯。

「妳剛點的青茶來了。」學長將手中那杯飲料遞給小芸，「妳朋友啊？」

「對啊，她們是我的同班同學，來看我練舞。」

當我發現學長的視線落在老斌身上，我連忙開口：「這是我男朋友，他是二年級的。」

「喔、嗨，你們好。」

我好像看到學長鬆了一口氣耶？

「林晉民！在把妹啊？」一道男聲自學長的身後傳出，接著我便看見阿凱掛在學長的肩上晃啊晃。

「阿凱？」

聽到我的呼喚，阿凱嚇了一跳，「小依？」

學長和小芸不約而同地問：「你們認識？」

一問之下才知道，原來阿凱跟這位林晉民學長是同班同學。

「等等……我怎麼覺得『小依』這名字很耳熟？」林晉民學長忽然問阿凱。

「喔，她就是阿凡的妹妹啊。」

「不是，我是說——」林晉民學長說到一半突然愣住，視線在我跟阿凱之間徘徊，「阿凡的妹妹就叫小依？」

「對啊！怎樣？」

「呃……請問我怎麼了嗎？」看著林晉民學長發愣的樣子，我插嘴問道。

林晉民學長尷尬地笑了幾聲，「沒事、沒事，不要在意。」

「對了，你們最後決定表演哪首歌？」阿凱望向我跟老斌。

「你自己來聽不就知道了？等等十一點，記得一定要過來。」我特意叮囑他，「對了，瑾荷學姊呢？」

「她的高中同學來找她，她帶她們到處逛逛了。」

我點了點頭，看向手錶後，便拉起老斌的手，「時間差不多了，我們先去禮堂準備嘍！」

和大家道別之際，我總感覺林晉民學長一直偷偷打量我，我也因此發現了他和阿凱都戴著同一款黑色護腕。知道男生竟然也會要好到戴同一款飾品，我就想偷笑。

上一組的表演逐漸接近尾聲，我跟老斌站在舞台的側邊等待上場。

「接下來，下一組的表演是由余斌與蘇芷依同學帶來梁靜茹的〈彩虹〉，蘇同學表示這首歌想獻給她在天上的哥哥，掌聲歡迎他們。」

主持人說完便示意我們上台，自己也退到舞台的後方。

我深吸一口氣平穩情緒，與老斌並肩走到舞台中央站定。

掌聲逐漸平息後，紊亂的心跳聲也回歸沉穩，我閉上雙眼，緩緩開口。

坐在浴缸裡　蓮蓬頭代替我哭泣　像下雨
其實我不知道　眼淚有沒有流　就像這故事中　你有沒有愛過我

眼前的黑暗空間彷彿凝結了時間，記憶中從未停歇的雨聲緩緩繚繞耳畔。

我睜開眼，彷彿望見成串的雨交織成整片霧濛濛的水氣。

吻我離開我　你就像出太陽下雨　難捉摸
越是努力揣摩　越是搞不懂　只好慢慢承認　這故事叫做錯

我還記得哥每次畫畫和午夜爬上頂樓的時候，嘴裡哼的都是這首歌，一遍又一遍。

你的愛就像彩虹　雨後的天空　絢爛卻教人迷惑　你的輪廓
你的愛就像彩虹　我張開了手　卻只能抱住風

耳邊似乎傳來傾盆大雨的巨響，當哥離開了以後，困住他的那場大雨，也持續囚禁著我，無法逃脫……

歌曲結束後，震耳欲聾的掌聲逐漸蓋過滂沱的雨聲，我回過神來，眼前的水霧化爲刺眼的光暈。

老斌牽起我的手，對我露出燦爛的笑，和我一起向台下的觀眾鞠躬謝幕。

回到舞台後方，青兒她們也跑了過來，佳佳二話不說就緊緊抱住我，我一直隱忍的情緒差點潰堤，餘光正好瞥見一道消失在門後的身影。

「我想去散散心。」

我才剛說完，老斌跟佳佳同時搶著開口：「我陪妳。」

「沒事啦，只是到處走走而已。」見他們面有難色，我加了一句，「就十分鐘。」

兩人只好妥協，「好吧。」

走出禮堂後，我繞了半圈抵達禮堂的正後方，看見了心中預期的人正靠著牆望向遠方沉思。

「妳怎麼知道我在這？」

「直覺。」我走到他的身旁，同樣背靠著牆。

阿凱淡淡一笑，「我也有一種直覺，沒想到妳眞的就是唱那首歌。」

「因爲是哥最喜歡的歌。」

「是啊，我們在祕密基地的時候，他都會畫畫到一半，突然開始熱唱，每次我都會被他嚇到。」

「重點是他還五音不全，難聽死了。」

「眞的！明明就唱不上去，還硬要飆高音。」

「每次他唱歌我就很想堵住他的嘴！」

「我也是！他還狡辯那是他獨特的唱腔，我也是服了。」

「沒錯！哥還很不要臉地說那是『唱歌的藝術』。」

我們兩個放聲大笑，甚至都笑出淚了，還是沒有停止。

「不行再笑了……等一下被蘇維凡打。」阿凱邊說邊轉頭擦去眼角的淚水。

「嗯，哥打人眞的很痛。」我也迅速抹去頰上的淚痕。

「總之，妳沒跟妳哥一樣是音痴眞是萬幸。」

我們又忍不住噗哧一笑。

「我已經……很久、很久沒有聽這首歌了，妳唱得眞的很棒，妳哥一定會聽見的。」

「嗯，他會聽見的。」

我們一同遙望遠方，在心中懷念著同一個人。

這段接近哀悼的寂靜，在阿凱響起的手機鈴聲中結束。

是林晉民學長打來的，電話那頭似乎問了我的行蹤，阿凱看了我一眼，對著手機說沒發現我，並說他會趕快回去跟他們會合。

阿凱掛上電話後說道：「快回去吧，老斌他們都在找妳。」

我拿出手機，才發現有好幾通老斌跟佳佳的未接來電，「我身邊怎麼淨是一些老媽子？」

「誰叫妳總是讓別人擔心？」阿凱無奈地嘆了一口氣，「對了，你們班是三點比大隊接力吧？」

「對啊，我是第六棒。」

「嗯，晚點去幫妳加油。」

阿凱臨走前又摸了我的頭，我站在原地目送他消失在人群裡。

結束了上午的表演，之前通過田徑一百公尺預賽的老斌，匆匆吃完午餐後，便趕著到決賽地點報到。

換完了運動服，我拉著佳佳她們幫老斌加油，他笑著向我們打了招呼。

「各就位！」

老斌和其他參賽者走到起點彎下身，擺好起跑姿勢。

「預備！」

鳴槍聲劃破天空，老斌全力衝刺，位在第三跑道的他，與第一跑道的的參賽者不相上下，共同領先。

抵達終點線的最後一刻，老斌一個箭步，率先越過了終點線。

已在終點線等候的我們，開心地放聲尖叫。

運動會進行的期間，不時穿插著頒獎流程，站在司令台中央的老斌朝我投來笑臉。校長將鑲有「冠軍」字樣的獎牌掛在他的脖子上，我在台下舉著手機拚命地按著快門，嘴角上揚到發痠，還是捨不得落下。

老斌踩著輕快的腳步朝我走來，不假思索地將獎牌套進我的脖子。

「你幹麼？」

「送妳啊。我本來就想說得到第一名的話要送妳。」

莫名的熟悉感如浪潮般襲來，老斌的雙眼閃耀如星，卻忽然與記憶中的另一道身影重疊，那個人也說過相似的話、展露過相似的笑顏……

我試著再度揚起嘴角，卻僵硬得沒能做到。

小芸正好在此時從遠處跑來呼喚我，我連忙跟老斌道別，和小芸一起跑到集合地，穿好代表我們班的黃色背心，站在隊伍中等待上場。

「小依，加油！放輕鬆！」場外的佳佳揮著手，和老斌站在一旁替我打氣。

碰——

嗚槍聲再次劃破天際，我不斷握緊又鬆開的拳頭已冒出汗，努力調節呼吸，卻還是沒能將心跳降速。

「第六棒就位！」班長激動大吼，我被他推到跑道上，遠處的青兒漸漸靠近，我趕緊擺好預備姿勢，右手向後伸出，安穩地接住接力棒，開始全力衝刺。

風聲呼嘯而過，形成了一道無形的結界，隔絕了場外的喧囂。

遠遠的，我看見在前方等候的小芸對我激動招手。

「想知道的話，放學籃球場見，不見不散！」

稚嫩的少年聲音，夾雜著風聲環繞在耳邊。

「蘇芷依，送妳的。」

不，我不想要……

「我有話要告訴妳，妳站在那裡，別動！」

不要，我不想聽……

「我——」

不要說！

我緩緩睜開眼，一整片藍天映入眼簾，我坐起身，發現自己躺在PU跑道上。

怎麼回事？我跑到一半昏倒了嗎？

四周依然喧鬧，卻沒人注意到我。

奇怪，小芸呢？她不是還在等著我的接力棒嗎？

我赫然發現手中的接力棒也消失了。

「喂！」

我聞聲看去，竟然是阿凱。

「阿凱，我沒事——啊！」我驚叫一聲，因爲阿凱竟從我的身體穿透而過。

我低頭看著自己呈現半透明的身軀，再抬頭望向正在跟別人談笑的阿凱，他的臉龐比現在的模樣稚嫩許多，身上穿著的是高中運動服。

我打量四周，此時才看清楚這裡是我們以前就讀的高中。

怎麼回事？難道我回到過去了？

還沒有足夠的時間釐清，我便聽到一聲呼喚。

「何延凱！」

我和阿凱同時轉頭，熟悉的身影讓我瞬間定在原地動彈不得。

「蘇維凡！」阿凱朝著哥喊道：「告訴你，冠軍是我的，蘇芷依也是我的。」

「想得美，明明就都是我的。」他抬起下巴睥睨著阿凱。

「哥！」跟記憶中的場景一模一樣，十六歲的我朝他們衝了過來。

「比賽不是快開始了？你們還站在這裡幹麼？」十六歲的我看著眼前怒目相對的兩

人。

「蘇芷依，說，妳打算幫誰加油？」哥最喜歡用鼻孔看我了。

「我——」

「小依，妳一定要幫我加油。」阿凱彎下身，與我平視。

「我誰都不加油，我就坐在這裡等，你們趕快去比賽啦！」十六歲的我果斷地做了決定，坐在地上瞪著錯愕的他們。

「走著瞧。」阿凱率先向哥下馬威，比了一個砍頭的手勢。

「你就不要輸了才向我跪地求饒。」哥冷笑一聲，兩人眼裡都迸出火光。

哥比賽跳高的項目在操場中央的位置，正好在我的右手邊，而阿凱比賽短跑的項目則剛好在我左手邊的跑道上。

哥是跳高的第一位選手。

嗶——

哨音響起，他昂首闊步助跑，單腳用力一蹬，採背越式過竿，完美落至跳高墊上。聽到十六歲的我大聲歡呼，哥揚起了笑。

嗶——

哨音再次響起，哥有些分神地望向跑道的方向，下一刻又轉而專注於眼前的橫桿，開始助跑，縱身一躍，落至墊上。

未掉落的橫桿讓哥露出笑容，他朝十六歲的我看了過來，笑容卻瞬間消散。因爲當時的我，視線正在另一邊的跑道上。

嗶——

碰——

哨音和槍聲同時響起，哥也望向在跑道上飛速奔馳的阿凱，直到裁判呼喚他，他才動身助跑。

就在最後一刻——阿凱的長腿跨過終點線，十六歲的我興奮地跳起身呼喊，原本成功跳過的哥卻跟橫桿一起落在墊子上。

「我贏了！我第一了！冠軍是我的！」阿凱拿著獎牌興奮不已。

「你收斂一點啦！」十六歲的我忍住想跟著大叫的衝動，用手肘撞了撞阿凱。

「我才沒那麼小心眼。」哥低頭滑著手機，將剛剛幫阿凱拍的受獎照片傳到我們的群組，期間還嘲笑阿凱被拍到的醜照。

「你們到底打賭了什麼啊？什麼東西讓你們拚命想得第一？」

「想知道的話，放學籃球場見，不見不散！」阿凱伸手摸我的頭，露出大大的笑容。

「吊什麼胃口啊！神祕兮兮的……」十六歲的我瞪著阿凱和哥一起離開的背影。

眼前的畫面突然一轉，回過神來，我已經站在籃球場。

「蘇芷依，送妳的。」阿凱的聲音突然響起，將冠軍獎牌掛在十六歲的我的脖子上。

「喂！你瘋啦？這可是你好不容易得來的獎牌耶！」

「我努力奪下冠軍就是爲了妳啊！」

阿凱制止十六歲的我拿下獎牌，然後不斷往後退。

「我有話要告訴妳，妳站在那裡，別動！」

原本晴朗的天空忽然暗下來，急遽的大雨模糊了整個畫面，在這空間裡卻只有我淋了整身濕。

「蘇芷依！」阿凱舉起雙手在嘴邊圈起一個圓，向我大聲呼喊。

我摀住耳朵，卻還是無法隔絕滂沱的雨聲和那句——

「我喜歡妳！」

第三章　雨滴的重量

我猛地睜開雙眼，大口地喘著氣，汗水沿著額角滑下，一時之間無法辨別自己身在何處。

「小依，妳終於醒了！」佳佳的聲音將我拉回了現實。

「剛剛有下雨嗎？我怎麼一直聽到雨聲。」我扯開有些沙啞的嗓音，濕黏的髮絲覆在我的脖子上，眼角的水珠已分不清楚到底是淚水還是汗水。

「沒下雨啊，哪來的雨聲？身體這麼濕是妳剛剛一直冒冷汗。」佳佳扶著我坐起身，拿衛生紙替我擦臉。

「我怎麼了？」

「妳在跑道上昏倒了，是阿凱抱妳過來保健室的。妳是不是又做惡夢了？妳剛剛一直說夢話，眞的不用去醫院嗎？」

「阿凱？爲什麼是阿凱抱我來保健室？」

「妳都不知道妳引起了多大的風波……妳因爲心悸發作失去意識，阿凱第一時間就衝了過來，抱妳到保健室後，本來想叫救護車送妳去醫院，但被我跟老斌阻止。因爲我們都知道妳討厭去醫院，也知道妳心悸的狀況，可是……」

「可是阿凱不知道。」我接續了佳佳沒有說完的話。

佳佳嘆了一口氣，「對，他很生氣，罵了我們一頓，說我們明明知道妳的狀況，怎麼還讓妳參加大隊接力。我剛剛想說妳若是再不醒來，我就真的要送妳去醫院了。」

「比賽呢？」

「妳昏倒的當下，小芸嚇哭了，不過還是被妳們班長硬逼著跑，可憐的小芸邊跑邊哭，後來還是靠最後一棒的怡雯才衝到第四名，沒有墊底。她們兩個還有青兒都被你們班導叫去罵了。」

「快跟她們說我沒事了，不用擔心。」

佳佳點點頭，等待她傳訊息的同時，保健室內安靜了片刻，我這才聽見門外傳來的爭吵聲。

「外面怎麼那麼吵？」

佳佳驀地站起身來，「差點就忘了門外那兩個人，他們從剛才就一直在吵要不要去醫院，我得趕快告訴他們，妳已經醒了——」

「我去吧。」我拉住佳佳的手。

「妳確定？萬一心悸又突然發作怎麼辦？」

「就說我沒事了。」我緩緩下床，越接近門邊，門外的聲音就聽得越清楚，我的腳步也越加沉重。

「你不覺得你越線了嗎？」

「我說了我沒有別的意思！」

我打開保健室的門，兩人看到我後愣了愣，爭吵聲驟然停止。

嘩啦——嘩啦——

記憶中那討厭的雨聲又響起了。

「小依，妳沒事了嗎？」

「小依，妳還有沒有哪裡不舒服？」

老斌跟阿凱同時開口，兩人尷尬地互望一眼又各自別開，尤其是老斌的臉色非常難看。

「我沒事了，不要再吵了。」我低著頭，誰的眼睛都不敢對上。

「妳什麼時候開始有心悸症狀的？妳不是已經痊癒了嗎？醫生怎麼說？」阿凱抓住我的手腕，語氣急促。

「阿凱學長，可以請你放開我的女朋友嗎？」老斌抓住阿凱的手，同時瞪向他。

阿凱驚覺自己失態，迅速鬆開我的手。

「抱歉，我不是故意的，我眞的只是以哥哥的身分關心她。」

「哥哥？」老斌聲調上揚，並將我拉到他身後，「你這樣是哥哥該有的行爲嗎？況且你跟小依根本就沒有血緣關係，在外人看來那明明就是男朋友才會有的行爲——」

「夠了！不要再說了！」我低聲喊道，「阿凱，你要不要先去處理一下那邊的事情？」

我指向阿凱的左後方，原本躲在柱子後面的身影嚇了一跳，轉身逃離。

阿凱轉頭看見瑾荷學姊的背影，像是突然想起了什麼，大驚失色，頭也不回地追了上去。

「小依，妳眞的沒事嗎？」老斌牽起我的手。

「可以讓我一個人靜靜嗎？」我輕輕抽回手。

嘩啦——嘩啦——

「小依……」老斌的聲音被我耳邊的雨聲覆蓋，變得模糊不清。

我從老斌的身旁走過，「對不起……我好累……」

我的心，還在下雨。

阿凱跟瑾荷學姊大吵了一架。

聽說，運動會那天，阿凱已經跟瑾荷學姊約好，要帶她的高中同學一起去唱歌，結果阿凱因爲我而丟下她。

「哇！小芸妳是情報系的？」青兒一臉驚訝。

「妳們忘了我有晉民學長這個線民嗎？」小芸甩了甩她的馬尾，一臉得意。

我們同班的四人組在上完課的下午，聚集在校園一隅的涼亭閒聊。

「小依、小依！」

「幹麼？」我回過神來。

「妳在發什麼呆？」小芸的手在我面前晃了晃。

「我在想等一下晚餐要吃什麼。」我隨便掰了個理由。

「妳的身體眞的沒事了嗎？那天差點把我們嚇死。」小芸一臉擔憂，上下打量著我。

「我眞的沒事了啦！聽說妳那天邊跑邊哭？」

「妳還笑得出來？妳直接在我面前昏倒，我的心臟都快停了！」

我依舊止不住笑意，連忙跟小芸賠不是。

「我聽佳佳說，妳的心悸是老毛病，但沒有藥醫，那是什麼意思？」小芸問。

「心悸不是有藥可以吃嗎？」青兒插嘴。

「意思就是，我的心臟很健康，沒有任何問題，只是當我情緒不太穩定的時候，就會出現心悸的症狀，胸痛或喘不過氣之類的。有點類似自律神經失調，雖然吃藥可以緩解症狀，可我不想依賴藥物。」

「是因爲想起妳過世的哥哥才這樣的嗎？」

「不完全是……應該說，這是我之前生病的那段期間留下的後遺症吧，如果有一些畫面或場景觸發到我記憶中比較負面的情緒，可能就會導致心悸。」

「『之前生病的那段期間』就是高中休學的那一年吧？」

「嗯。」

小芸滿臉擔憂，「到底是什麼病？爲什麼後遺症這麼可怕？」

「創傷後壓力症候群，醫生說的。」

「這個病會痊癒嗎？」

「會……吧？」我聳了聳肩，「妳們不用擔心啦！我真的沒事。」

「說沒事的人就是最有事的。」怡雯突然開口，即使從剛才到現在她都埋首在BL漫畫裡，但她似乎一字不漏地聽著。

「原來怡雯這麼關心我啊？」我笑著看向繼續翻頁的怡雯。

「就是說啊！小依妳如果有事一定要跟我們說，不要自己一個人悶在心裡，知道嗎？」小芸緊緊地握住我的手。

「我知道，謝謝妳們。」

「雖然現在問這個有點沒良心……」青兒一副按捺不住的模樣，「不過我還是很想問，妳跟阿凱學長到底是什麼關係啊？」

「就兄妹關係啊。」我擰起眉。

青兒不屑地撇了撇嘴，「一個沒有血緣的哥哥會跟男友搶著抱妳？」

「搶著抱我？」我的聲音不自覺揚高。

「我跟妳說，妳都不知道當時的狀況有多精彩！」青兒興致勃勃地站起來，搭配肢體動作講解，「那天妳昏倒後，不到十秒，阿凱學長就從操場另一端超級遠的地方『咻——』地衝了過來，然後抱著妳又『咻——』地消失不見。結果尷尬的來了！等老斌撥開人群來找妳的時候，妳已經被抱走了，老斌整個臉都綠了！」

怡雯再次從漫畫裡探出頭，「就像戴著綠色帽子一樣。」

青兒繼續說道：「更尷尬的來了！老斌跟著跑去保健室後，換瑾荷學姊跑來了！她問我們有沒有看到阿凱學長，我們很誠實地說他抱著昏倒的妳去保健室了，瑾荷學姊整個臉色大變！」

「眞的像大便一樣。」怡雯嘴角掛著笑地插嘴。

青兒激昂地做了結尾，「喔……天啊……妳說這四角戀該如何是好啊？」

「我要補充！」小芸興奮地舉起手，「我們趕到保健室的時候，阿凱學長跟老斌正在吵架，幾乎快要打起來了，老斌還嗆阿凱學長『不用你多管閒事』。」

我看著她們三人的表演，忍不住笑出聲。

「喂，妳這當事人還笑得出來？」青兒不可置信地說道。

「可是妳們眞的太好笑了——」我狂笑不止，甚至笑出了淚。

「看來小依的心臟沒病，有病的是腦子啊。」小芸愛憐地撫著我的頭。

「也是，小依已經不知道該哭還是該笑了，可憐啊。」青兒嘆了一口氣。

怡雯則伸手替我擦去眼角不斷冒出的淚水。

自從運動會之後，我跟老斌都很有默契地沒再提過那天發生的事。

當時的我們也不知道，這顆未爆彈會將所有人都炸得支離破碎。

從那天起，我跟阿凱沒有再聯繫過。

然後……聽說阿凱跟瑾荷學姊分手了。

一月期末考結束後便迎來了寒假，大多數的學生都已返鄉，校園內頓時冷清了許多。

昨天在車站送走佳佳後，宿舍就只剩下我一人留守。

我起了個大早，有別於平常隨性的淡妝，今天特地選用了帶點少女氣息的粉色系彩妝，搭配一套碎花長洋裝，還久違地用電捲棒把長髮捲成了大波浪。

小芸突然來電，我開了擴音把手機放在鞋櫃上，準備挑選搭配的鞋子。

「小依，妳還在宿舍嗎？」小芸也在幾天前回彰化老家了。

「對啊，我等等要跟老斌去吃飯，今天他生日。」我甜甜地笑道，在咖啡色的牛津鞋跟駝色的短靴之間游移不定。

小芸那頭傳來一陣沉默，久到我以為她掛斷電話了。

「那個……我不是故意想害你們吵架，但這件事還是得拜託妳幫個忙……」

「幹麼吞吞吐吐的？能幫我就幫啊。」

「是這樣的……晉民學長他回台北了，他說阿凱的聲音很不對勁，已經聯繫住台南的楊世偉學長了，可是他家偏僻又離學校很遠，晉民學長就問我還有沒有其他認識的人留在學校……」

「妳說阿凱怎麼了？」

小芸說阿凱因為要參加研習營還要打工，所以待在租屋處還沒回去，林晉民學長早上跟阿凱通電話的時候，覺得阿凱的狀況不太對，一問之下才知道他上吐下瀉了一整晚。

雖然阿凱堅持自己沒事，但是聲音聽起來還是很虛弱。

後來林晉民學長有再打電話過去，然而阿凱都沒接，他很怕他一個人昏倒在租屋處，所以才打給小芸，問她還有沒有人在台南，幫忙看一下狀況。

「知道了，阿凱住哪？地址傳給我。」我隨便套了一雙鞋子，拿起包包和手機匆忙地出門。

阿凱不會有事吧？

我著急地衝下樓，看見正在門口等的老斌，朝他跑了過去。

「怎麼了？幹麼這麼慌張？」老斌見我一副上氣不接下氣的模樣，輕拍著我的背。

「老斌……我、我們趕快去找阿凱，快！」我邊喘著氣邊說道。

老斌拍著我背的手突然一頓，「找他幹麼？」

聽見老斌冰冷的聲音，我才想起他前陣子才因爲運動會的事跟阿凱鬧得不歡而散。

我的喉嚨一陣乾澀，還在思考該如何解釋來龍去脈時，手機便響起了一連串的訊息聲。

「這個！小芸剛打給我，說林晉民學長想請我幫個忙。」我直接將手機攤在老斌面前，螢幕上顯示的訊息全是剛加好友的林晉民學長所傳來的，上面寫著他跟阿凱的租屋處地址，還有門口的密碼鎖。此外，他還寫了一大串文情並茂的道歉文和感謝文，並說楊世偉學長已經在趕過去的路上。

「只是去幫忙看一下就好，如果他眞的昏倒了，就幫忙送他去醫院，楊世偉學長很快就到了，你跟我一起去好不好？」

老斌倏地冷下臉，「你們果眞是感情很好的兄妹啊！妹妹昏倒的瞬間，哥哥第一個衝上前……妹妹也不遑多讓，為了生病的哥哥，要拋棄今天生日的男朋友？」

「老斌！」我怒吼一聲。

「怎麼？我說錯了嗎？」

我瞪著眼前陌生的老斌，這是我第一次看見他這麼冷漠的神情。

「今天就算對象是林晉民學長，我也一樣會幫忙！你這個大笨蛋！」我毫不留情地往老斌今天特地穿的新鞋上踩了一腳，轉身衝到馬路旁招了一台計程車，頭也不回地離開。

他們租屋處的位置離老斌的家很近，熟悉的路線讓我很快就找到了地方。

進屋後，我呼喊阿凱卻沒人回應，查看了每間房，才發現他倒在浴室。

「阿凱，你沒事吧？快醒醒！」我著急地搖晃他。

臉色蒼白的阿凱緩緩睜開眼，望著我愣了半晌才回神，「小依？妳怎麼在這裡？我已經拉屎拉到……出現幻覺了嗎？」

知道阿凱還保有意識，我高高懸起的心才終於歸位。

「不是幻覺，我帶你去醫院，楊世偉學長已經在趕來的路上了。」我將他從地上拉起，攙扶著他走出浴室。

阿凱神色痛苦地摀著肚子，在玄關處踉蹌跌倒，我趕緊蹲下身讓阿凱掛在我的背上。走到門口時，我的身體卻突然開始下沉，離地面越來越近——媽的，阿凱昏倒了。

「喂！何延凱！醒醒啊！」阿凱壓在我的背上，讓我整個人趴倒在地動彈不得。

我試著想拿取壓在身下的包包，可連個縫隙都騰不出來。

我對著半掩的門拚命大喊，一雙白色的運動鞋忽然映入眼簾，明明看起來是全新的，卻沾上了明顯的腳印。

我還來不及反應，鞋子的主人一個使力就把阿凱拉起、甩到自己的背上。

直到那雙鞋離開視線，我才回過神，急急忙忙追了上去。

我望著那道熟悉的背影，眼眶逐漸模糊。

「看什麼看？快按電梯啊！」

「謝謝你。」

「妳別哭了，好醜。」

「你才醜。」

「又哭又笑的醜死了，等一下在路上不要跟別人說妳是我女朋友。」

我一手抓著他的衣角，一手揉著淚水滿溢的眼睛，嘴角像是故障似的，不停地下垂又上揚。

謝謝你，我的老斌。

我跟老斌帶阿凱去醫院掛了急診，還好等候的人不算多，很快便等到了床位。

折騰了一陣子，昏睡的阿凱在病床上打著點滴，原本蒼白的臉恢復了一點血色。醫生說阿凱應該是吃到不乾淨的東西導致急性腸胃炎，基本上只要等阿凱醒來，打完點滴休息一陣子就沒事了，要我們不用擔心。

我將阿凱的病況告訴林晉民學長，他在電話那頭頓時呼了好大一口氣，連隔著電話的我都能感受到他如釋負重的心情。

林晉民學長掛電話之前，又對我說了一堆感謝的話。

「學長說楊世偉學長已經快到了，等他來我們就可以離開了。」掛上電話後，我和老斌並肩坐在病床旁的椅子。

「嗯。」老斌應了聲，我們就這樣沉默了好一陣子。

「對不起，我太意氣用事了，再怎麼說都是一條人命。」

「我也對不起……踩了你的鞋子，我幫你洗乾淨吧？」我尷尬地看向他的白鞋。

老斌連忙搖頭，「先不要，妳洗壞就糟了。不如妳買一雙新鞋送我吧？」

「不行！情侶之間不能送鞋，不然會走人的！」

「還有這種說法？」

「對啊！所以你也不能送我鞋子，知道嗎？」

老斌忽然看著我笑。

「你笑屁啊？我很認真耶！」

「妳要不要照一下鏡子，妳現在很像女鬼……」

我抹了抹眼角，手指上的一抹黑讓我意識到眼線被淚水暈開了，長洋裝皺到像一團梅乾菜，就連浪漫的大波浪捲髮也變得散亂。我早上花了將近兩小時的妝扮，全部打回了原形。

「還不是你害的！」

「阿凱學長會不會是以爲看到鬼才嚇到昏倒的？」老斌放聲大笑，我氣得捶了他好幾拳。

「你趕快跟阿凱和好啦！不然我會一直很內疚。」

老斌收起笑，卻沒有回話。

「阿凱那天真的沒有別的意思，如果是我哥，他一定也會那麼做的。而且是我哥的話，他還會揪著你的領子大吼：『你這臭小子，知道小依有心悸，怎麼還讓她跑步』，然後給你一拳！」我裝模作樣地在空中揮拳。

「妳哥這麼凶？」

「我哥超級凶，之前有個男生因爲暗戀我，就一直欺負我，哥把他打得哭著叫媽媽！而且他還說過，我如果交男友了，就要打斷那個人的腿！」

老斌的臉垮了下來，「如果妳哥討厭我怎麼辦？過幾天我就要跟妳一起去見他了……」

「放心啦！我會幫你跟哥多說點好話。」

看老斌被我唬得一愣一愣的，我默默偷笑。

「我並不是討厭阿凱學長，我只是……覺得自己很沒用而已。」老斌垂下眼，壓低了聲音。

「才不是這樣！他只是剛好在附近，又剛好看到，就順手幫忙而已。」

「他原本在操場的另一端，比我離妳的位置還要遠，代表他在中途就發現妳不舒服了。」

「是嗎？」爲了避免老斌繼續糾結，我吞了口口水，開始瞎掰，「那是因爲阿凱的視力有二點零啦！他以前都會跟哥比賽，看誰能夠看到最遠的招牌。每次都是阿凱贏，所以都是哥請喝飲料，我常常分到一杯羹……說到羹，我肚子好餓喔，我們原本預約的那間餐廳應該關了吧？」

「我預約了另一間妳很想吃的下午茶，等等帶妳去。」

「眞的？」我開心地歡呼。

此時，阿凱有了動靜，我跟老斌連忙起身湊到病床旁。

「你昨天到底吃了什麼東西，爲什麼會突然急性腸胃炎？」

「我昨天自己煮了泡麵加蛋當宵夜，吃完才發現那個過期了……不過也有可能是那顆蛋的緣故，它應該放很久了……」

我跟老斌嘆了口氣，讚嘆阿凱福大命大。

「謝謝你們，抱歉……耽誤了你們的時間。」

「沒事，你要感謝的是小依，她寧願放棄美食也要救你一命的節操，太令我佩服了。」

我立刻肘擊老斌的肚子，老斌痛得哀嚎，阿凱因爲忍笑臉皺成一團。

楊世偉學長慌慌張張地衝了進來，看見阿凱完好地躺在病床上後，像是卸下重擔似地，瞬間軟腳坐在地上大口喘著氣。

我正好發現楊世偉學長的手腕上也戴著一個黑色的護腕，跟阿凱還有林晉民學長的是同一款。

我想像著他們三個人戴著護腕伸手交疊，喊著口號的模樣，實在太搞笑了。

「楊世偉，你跑百米喔？」阿凱低頭嘲笑他。

「我……幹……我剛剛……一直飆車……」楊世偉學長依舊氣喘如牛，衣服因爲流汗而濕了大半，「一直想到上次的事情，嚇都嚇死了——」

「喂，楊世偉。」阿凱突然冷著臉打斷他。

楊世偉學長頓了頓，朝我的方向瞄了一眼，接著不自然地咳了聲，站起身來向我們鞠躬道謝，「謝謝你們，接下來我照顧阿凱就可以了。」

不得不說，林晉民學長跟楊世偉學長還眞像阿凱的家長。

「啊對了，阿凱學長，你視力眞的二點零喔？」

聽到老斌的問話，我的背脊瞬間發涼。

「對啊，我以前都跟阿凡比賽看誰能夠看得最遠，輸的人要請客。」

阿凱的回話讓我暗自鬆了一口氣——不對啊！原來他剛剛全都聽見了？

楊世偉學長滿臉疑問地望向阿凱，「你視力二點零？你上次量不是才一點——咳！」

阿凱突然肘擊楊世偉學長，讓他咳了好一陣子。

臨走前，趁老斌不注意時，我轉頭偷偷用嘴型向阿凱說：謝嘍！

阿凱笑著對我揮了揮手。

離開醫院後，我才想起我竟然能若無其事地待在醫院將近一個小時，這是我第一次沒有想起哥。

「還站在那裡幹麼？」老斌站在機車旁邊，手裡晃著我的安全帽。

我揚起笑，衝進了老斌的懷裡。

「生日快樂，我的老斌。」

第四章　烏雲之後

二月初，農曆過新年的前夕正好是哥的生日，老斌打算送我回家，順便住個幾天，一起慶祝哥的生日。

我跟老斌帶著簡易的行李，搭著火車回到高雄。

在計程車上，我興奮地介紹附近的景點，直嚷著明天要帶老斌來玩，老斌嘲笑我反倒比較像觀光客。

計程車彎彎繞繞一陣子，最後停在一棟透天厝前。

我下車後打開房子大門，正在看電視的老爸聽到聲響，連頭都不抬，「回來啦？」

「爸，你未免太冷淡了吧？」我領著老斌到沙發坐下，「這是我男朋友，他叫老斌。」

「叔叔您好，我、我叫余斌。」

爸翹著二郎腿說道：「我有叫你坐下嗎？」

老斌嚇得趕緊跳起來，我也倉皇地起身。

「爸！你幹麼啊？」

爸斜眼盯著老斌，沉默了好一陣子，老斌緊張得連眼睛都不敢眨。

媽正好進門，看見我們三人靜止不動，問道：「怎麼啦？幹麼都不說話？」

爸挺著鮪魚肚緩緩站起，看著老斌，一下搖頭、一下嘆氣，我能感覺到老斌微微顫抖。我不斷用眼神向媽求救，媽只是無奈地聳了聳肩。

爸忽然搭上老斌的肩，老斌好像快哭了。

第一次看到這麼嚴肅的爸，我自己也很慌張，感覺爸下一秒就會要求我們分手，我甚至開始在腦海裡計畫跟老斌私奔——

「你還這麼年輕，爲什麼要想不開？」

爸的話語剛落，我還愣在原地時，媽已經止不住笑意。

「爸！你想嚇死誰啊！」

爸跟著放聲大笑，「我終於等到可以說這句話的時刻了！哇哈哈哈哈哈！」

原本不敢作聲的老斌，突然像顆洩了氣的皮球，我見老斌似乎減了十年壽命的模樣，也幸災樂禍地哈哈大笑。

爸媽點的披薩這時剛好送到，爸恢復了本性，搭著老斌的肩膀說說笑笑地入座，看見老斌恢復笑容，我也放下心。

「妳怎麼沒跟阿凱一起回來？還以爲你們會一起搭車。」媽坐在我身旁問道。

「他有腳不會自己回來嗎？」

「妳這死小孩怎麼這麼沒良心？」媽毫不留情地捏了我一下，痛得我連聲哀號，「從小到大，阿凱多疼妳啊？爲妳做這、做那的，阿凡都要自嘆不如了，對他好一點，知道嗎？」

「知道了啦！很痛耶！」

「唉，想到那陣子的事就心疼，阿凡剛走，後事都是阿凱幫忙處理，沒看他喊過一聲累，我們家啊……真的都是靠阿凱才撐過來的。」

「媽，都過去了，可以別說了嗎？」我有些不耐煩地看向媽。

「我偏要說！那時候妳還生病，不願意見他，對著他又哭又喊的，他該有多難受啊？還好妳後來跟他讀同一間大學，看見你們和好，我們也安心了，阿凡一定也很開心。」

「媽，妳說夠了沒？口都不會渴嗎？」我替媽的杯子倒滿可樂，餘光瞥見了老斌的視線。

媽又是一陣碎念，一下數落我的不是、一下誇讚阿凱的貼心懂事，我都要懷疑阿凱才是她的親生孩子了。

吃飽飯後，我帶老斌去我的房間。

「哇！原來妳手機桌布的圖片是妳畫的？」老斌看見掛在牆上的畫驚呼。

「不是啦！那是我哥畫的。」我指了指畫作右下角的小卡，上面寫著：把你藏在雨季，蘇維凡。

「那時候畫展結束，哥也把旁邊的介紹卡片帶回來，我就一起留著了。」

我把燈關上，打開了掛在畫作上方的小燈，整間房間的光源瞬間集中在畫上，我得意地說道：「看起來是不是很有感覺？」

「真的就像在看畫展一樣！」老斌驚嘆一聲，「『把你藏在雨季』是這幅畫的名字？」

「是啊，哥當時得了第一名呢。」

老斌全神貫注地盯著那幅畫，我笑著問道：「你這麼喜歡哥的畫啊？要我去哥的房間拿他以前的作品集給你看嗎？」

「要！」老斌點頭如搗蒜。

我轉身邁步，忽然踢到敞開在地上的行李箱，整個人被絆倒。

「沒事吧？」老斌趕緊開燈，將我扶起來。

「我沒事，倒是我的手機完蛋了。」我撿起飛出去的手機，呈現黑屏的螢幕裂成了一面蜘蛛網。

「明天再帶妳去修手機吧？不然就是回台南後，我們再送回原廠修理，妳有可以先頂著用的空機嗎？」

我下意識看向書櫃，老斌循著我的視線拿起那個紙袋，我的內心充滿懊悔。

老斌將裡頭的紅色手機拿出來，「這支手機很新耶，能用嗎？」

「很久沒用了，不知道還能不能開機。」

老斌拿出充電線接上手機，看見螢幕上閃現的電池圖案，開心歡呼，絲毫沒有發現我的表情僵硬。

剛跟爸喝了酒的老斌有些微醺，加上這場插曲，我們沒有繼續看畫，洗完澡後便早早上床休息。

我躺在老斌身旁，緊盯著桌上的紅色手機。

夜漸深，月色從落地窗灑了進來，微弱的月光照著牆上那幅畫。

畫上的小男孩撐著一把傘，抬頭望著天空中那道絢麗的彩虹，陽光灑在他的身上，卻沒能帶給他溫暖，因爲他的傘下還在下著大雨。

我緩緩起身，拿起那支充滿電的紅色手機，輕手輕腳地打開落地窗，將自己縮在陽台的角落。

時隔三年，沒想過我還會再次拿起這支手機。

開機後，桌布上的那個少年讓我倏地落下淚。

老斌不知何時來到身旁，替我披上一件外套，「我剛剛發現妳哥送給妳的生日卡片，抱歉，我不知道那是妳哥送妳的禮就擅自拿了。」

我搖搖頭表示不介意，「哥很自戀，他爲了讓我別忘記送這支手機的人，硬是放他的自拍照在桌面，還警告我不准換掉。」

老斌撫去我的淚水，「今天來妳家之後，才終於體認到阿凱學長對於妳的家人是多麼重要的存在，之前的我眞的很幼稚……對不起。」

「不要再道歉了。」

「所以我就更不能理解了，阿凱學長跟你們家的關係這麼緊密，妳爲什麼會因爲生病跟他失聯呢？爲什麼當時不願意見他呢？又爲什麼……那時候看見他會哭呢？」

我緊握著手機，望著哥的笑容，捨不得移開。

「因爲……我無法原諒自己。」

隔天一早，豔陽照入房間，刺眼的光線將我亮醒，我伸了個懶腰，難得睡了這麼安穩的好覺。

我看向一旁已經空了的床位，想起昨晚和老斌的深談，哭著哭著就睡著了。

我哼著歌下樓，還沒走到一樓就聞到了濃濃的飯菜香。

經過客廳時，大門忽然敞開，我好奇望去，「老斌，你去哪啊？」

老斌愣了愣，「沒事，只是去買個東西。」

「喔，我媽煮好了，來吃飯吧！」

老斌點點頭，我和他一起走進廚房。

看見餐桌旁那道熟悉的背影，我嚇得止住了腳步。

「何延凱，你怎麼在這？」

「這也是我家，我怎麼不能在這？」阿凱轉頭，「老斌，你回來啦？」

老斌看起來一點都不驚訝，甚至還跟阿凱打了招呼。

「我們早上就見過面了。」老斌一邊拉開椅子一邊說道。

「喔！」我繞過老斌，在他的旁邊入座，抬起頭卻與一臉不解的老斌對上視線，

「怎麼了？」

「妳怎麼不坐這？」老斌指了指他特地留給我的位子，是他跟阿凱之間的空位。

「那是哥的位子。」我答道，「不過你的臉色怎麼這麼差啊？沒睡好？」

「他整晚沒睡。」在一旁扒飯的阿凱插嘴道：「我早上剛到的時候，看見他坐在門口發呆。」

「怎麼了？你哪裡不舒服？床不好睡？」

「我沒事，只是睡不著而已。」老斌制止我在他身上到處檢查的鹹豬手。

我放下心後，便和老斌一起開動。

跳完鬼步的爸也入了座，吆喝著阿凱和老斌待會跟他尬酒，我跟媽立刻吐槽他，倒是阿凱似乎抓準了爸的心思，說他早就在冰箱裡補了貨。

「小依。」老斌在一陣喧鬧之中格外的安靜，「下午可以先去看妳哥嗎？」

「你今天就要去了嗎？本來想說明天哥生日，大家再一起去，今天打算帶你去一些景點逛逛。」

「小依妳就帶老斌去吧！他總要先拜拜碼頭吧？反正明天你們再去一次也沒差。」阿凱不僅偷聽我們講話，還站在老斌那邊。

我看著老斌堅定的眼神，只好答應了。

「阿凱！」老爸突然出聲，「小依都帶男朋友回來了，你什麼時候帶你女朋友來給我看看？」

我聽到這句話差點噴飯，趁著阿凱不注意，連忙舉起手比個大叉叉，示意爸不要再問。

沒想到我太高估爸的理解能力，他也舉起手，卻對我比了個大愛心。

我無奈地翻了個白眼，阿凱看見我們父女倆滑稽的模樣，忍不住笑出聲。

「沒事啦，前陣子已經分手了。」

「怎麼分手啦？」媽也加入話題，「不是交往得好好的嗎？」

「感情本來就是這樣啊，來來去去的。」阿凱聳聳肩。

爸像是終於找到理由開喝，直接從冰箱拿了啤酒出來，說要開趴慶祝阿凱成為黃金單身漢。

吃飽後，爸跟阿凱的臉都已經變得通紅，我親眼看著阿凱連續喝了幾罐啤酒，依舊保持清醒，覺得不可思議。

「這孩子怎麼變得這麼能喝？」媽小聲嘟囔，起身幫他們又拿了兩罐啤酒。

是啊，從前只喝一瓶就會醉的人，現在竟然跟哥一樣千杯不醉了，他的酒量到底是如何練的？

「小依，要出門了嗎？」老斌淡淡一笑，拉回我的注意力。

聞言，我趕緊點頭說好。

「我可以騎那台腳踏車嗎？」老斌指著車庫中有些老舊的腳踏車。

「可以是可以，不過那台很久沒騎了，不知道壞掉了沒。」

老斌蹲下仔細檢查，還幫輪胎充飽氣，他忙碌的背影竟漸漸和哥的背影重疊。

「出發吧。」老斌對我一笑，眼眸裡也有著跟哥相似的溫柔。

老斌騎著腳踏車載我，冬末的微風還有些涼意，淡化午後陽光的炙熱，兩者融合成了舒適的溫度。

「好懷念，哥以前常騎著這台腳踏車載我。」我望著兩旁熟悉的街景，揚起笑，「這裡好多地方都沒有變。」

「很久沒來了嗎？」

「嗯，哥出事以後，我都不怎麼出門，後來就去台南了。」

「爲什麼想來台南？」

「出事前，本來想跟哥去台南玩，就……算是一個心願吧。」

「嗯。」老斌輕聲答道。

騎了一段路，像是種默契，我們都沒有再說話。

老斌忽然慢下車速，停在一座公園。

我有些詫異地望向老斌，「你怎麼知道這裡？」

老斌將腳踏車停好後，牽起我的手，「早上跟阿凱吃早餐的時候聽他說的，就想來這裡看看。」

「你跟阿凱一起吃早餐？你們和好啦？」我開心笑道：「不過你怎麼沒叫他學長了？」

「不知不覺就變這樣了。」老斌伸手將我被風吹亂的髮絲塞到耳後，「阿凱說妳小時候曾經在這個公園走失，妳哥一直很自責。」

「那是我很小的時候發生的事。」

「阿凱還說，他剛轉學到妳哥班上時，妳哥很孤僻，老是被嘲笑是妹妹保母，可是阿凱卻覺得妳哥很偉大，他很羨慕你們兄妹倆的感情。我也是，我也好羨慕你們之間的感情，阿凱知道好多我不知道的過去，我總覺得沒有我能介入的餘地。」

「你幹麼這樣說？就算沒有參與過去，我們可以一起走向未來啊！」

老斌望著我良久，瞳孔映著我的倒影，我卻怎麼也猜不透他眼裡的情緒。

「老斌？你怎麼了？」

老斌突然將我摟進懷裡，我緊貼在他的胸膛，清楚地聽見了他飛速的心跳聲。

「小依，我愛妳。」

我還來不及沉浸在幸福的氛圍裡，就感覺到了不對勁——老斌在哭。

抱著我哭了好久的老斌，在接下來的行程始終沒有說一句話。就連在哥的塔位前，他也只是默默流淚，唯獨牽著我的那隻手，牢牢地不肯鬆開。

離開哥長眠的納骨塔後，太陽已逐漸西下，天空被染上一抹紅。

老斌載我沿著原路回去，瀰漫在他周圍的凝重氣氛，讓我一句話也不敢說。

「小依，我想先回台南了。」進家門前，老斌還紅著一雙眼。

「為什麼？你是不是發生什麼事了？」

老斌淡淡一笑，「我沒事，等我整理好了⋯⋯會告訴妳的。」

明白自己多問也沒有結果，我只能點頭說好。

阿凱得知老斌要先行離開，識相地沒有多問什麼，只是自告奮勇要載老斌去火車站，而爸剛好跟朋友有約，也一同坐上了車。

一路上，車內飄揚著伍佰還有阿凱和爸層層交疊的歌聲，吵得不可開交。

「齁！你們真的很吵欸！」我摀住耳朵大喊。

坐在前座的阿凱和爸無視我的呼喊，持續高歌。

「還好我哥不在，因為他唱歌很難聽。」我一臉嫌棄地向老斌說道。

「妳竟然這樣說妳哥？我要跟妳哥告狀。」老斌挑眉。

「是眞的！哥五音不全，簡直是魔音傳腦。」

老斌就連無奈的眼神也跟哥十分相像。

抵達火車站後，我跟著老斌下車，爸也去跟朋友會合，剩阿凱留在車上。

我送老斌到進站閘門前，依依不捨地拉著他的手。

「我備用的那支手機都設定好了，到家了記得傳訊息給我喔！」

「嗯，回台南後我再帶妳去修理手機。」老斌摸了摸我的頭，「幫我跟妳哥說聲抱歉，明天不能幫他一起慶生。」

「沒關係，哥不會介意的，而且你今天已經去看他了。」

老斌又不發一語地看了我許久，在我正要開口時，他一把抱住我。

「你眞的沒事嗎？」

老斌沒有回應，只是更用力地抱緊我。

直到月台廣播響起，老斌才鬆開手，眼裡還是充滿我看不懂的情緒。

「小依，再見。」

我還來不及說些什麼，老斌便邁開腳步，頭也不回地走進月台。

回程時，我望著窗外呼嘯而過的景色，想不透老斌爲什麼讓我感到這麼不安。

「要吃冰嗎？」

阿凱的聲音將我從思緒中拉了回來，我轉頭看見熟悉的店面，毫不猶豫地回答：

「要。」

這間裝潢不起眼的冰店，承載了我和阿凱還有哥的青春回憶。

「你們很久沒一起來了呢！」滿頭白髮的老闆向我們熱情喊道，「妹妹，好久沒看到妳了！」

「對啊，老闆，真的好久不見了。」久未見面的老闆說的話讓我陰鬱的心情緩解不少。

「老樣子嗎？」老闆向我們問道。

「我老樣子，妳呢？」阿凱看向我。

「我也是。」

兩碗八寶冰送上桌，沒有芋頭的那碗是我的。

在我正要開動時，老闆又送來了一碗清冰，我正想叫住老闆，阿凱就搶先阻止我。

「這碗是阿凡的。」阿凱見我一臉疑問，又說：「阿凡走後，我曾經自己來過，老闆知道後很難過，說以後都會幫阿凡準備一碗清冰。」

我望著那碗冰，久久無法言語。

「快吃吧，不然要融化了。」阿凱在我手裡放了一根湯匙。

我挖了一匙覆著滿滿紅豆泥的刨冰送進嘴裡，甜膩和沁涼瞬間在我口中漫開，明明和記憶中的味道一模一樣，卻是我這輩子吃過最鹹的一碗冰。

阿凱在我們家吃完晚餐後，便睡在哥的房間。

我待在昏暗的房裡，視線停留在牆上那幅畫，還是無法安撫混亂的思緒。

今天發生的一切都讓我好心煩。

我打開房門，看見哥的房門緊閉，門縫也是一片漆黑，怕吵醒阿凱，我輕輕關上門，躡手躡腳地下樓。

打開冰箱替自己倒了一杯冰水，當涼意滑過喉嚨，才稍稍撫平焦躁的心情。

突然一陣冷風吹來，我才發現大門敞開，走近一瞧，透過紗門便發現獨自坐在外頭的阿凱。

「我以爲你睡了。」我在阿凱的身旁坐下。

「我也以爲妳睡了，怎麼又下來？」阿凱順手將他的外套披在我身上，我正想拒絕，冷不防打了個噴嚏，只好坦然接受他的好意。

「快十二點了，睡不著。」

「我也是。」

一種不需言說的默契，讓我們靜靜等待著寂靜的夜捎來第一聲祝福。

嗶——

兩道不同的鈴聲同時響起。

「阿凡，生日快樂。」

「哥，生日快樂。」

我們異口同聲地說，接著相視而笑。

今天是哥的二十二歲冥誕。

我們家一大早就開始準備哥的生日餐，煮了一桌子哥喜歡吃的菜。

除了哥的忌日，我們會認眞準備祭品之外，哥的冥誕我們就比較隨興，純粹是大家聚在一起慶祝哥的生日。

「可以開飯了！」我從廚房探出頭大喊。

正在客廳的阿凱應了聲，又繼續跟爸沉浸在鬼步的音樂世界裡。

「阿凱怎麼可以忍受那麼俗的鬼步？」我邊笑邊在餐桌擺上碗筷。

「誰叫妳跟阿凡都沒人想學。」媽瞪了我一眼。

「拜託！那可是廣場大媽在跳的耶！我跟哥才不想學。」

「還是我們阿凱最棒了，不但學得好，每次回來還能跟妳爸尬舞。」

「是是是，妳的阿凱最棒了！」我敷衍地拍拍手。

餐點就緒後，我們照慣例留了一個空位給哥，就在我跟阿凱的中間，那是哥最常坐的位子。

「兒子，生日快樂！」

「哥，生日快樂！」

「阿凡，生日快樂！」

我們舉杯大聲慶賀，杯子碰撞出清脆的聲響，然後各自一口飲盡。

「其實有一件事我想了很久，一直很想跟大家說。」平時都嘻皮笑臉的老爸難得正色，「今天是阿凡的生日，我也想在這天把這個消息告訴阿凡。」

媽像是早就知道了內容，溫柔地揚起笑。

「阿凱，你願意讓我代替你的奶奶照顧你，成爲你眞正的爸爸，讓我收養你嗎？」

「我？」阿凱愣愣地指著自己。

我也因爲爸突然其來的發言，呆在原地不知該作何反應。

「對啊，就是入我們家的戶籍，不過還是要以你本人的意願爲主，我也只是提議而已。」爸搔了搔頭，看起來非常緊張。

「所以我以後不叫『何延凱』，而是『蘇延凱』？」

「等等！等一下！」我激動地插嘴，「意思是，阿凱會變成我眞正的哥哥？」

媽的臉上彷彿笑開了花，「當然啊！妳不但有阿凡，還有阿凱當妳眞正的哥哥了！」

「所以，阿凱之後要住我們家？」

「當然啊！這裡本來就是他的家，不住這，要住哪？」

「好！我願意！我當然願意！」阿凱突然站起身，激動地握住爸的手。

「眞的？你眞的願意？」爸更激動地緊緊抱住阿凱，兩個大男人哭得一把鼻涕，一把眼淚。

我看著他們哭成這樣，原先內心的抗拒也逐漸消散。

我有什麼資格阻止呢？他們早就情同父子，只是差在法律給予的認證罷了。

吃飽飯後，我們決定先去納骨塔看哥，告訴他這個好消息，再去法院詢問關於收養的事情。

「爸，你先請。」

「不，兒子你先請。」

「不行，爸應該先請。」

「不，當然是兒子——」

「你們夠了沒啊？」我終於受不了出聲阻止，瞪著爸跟阿凱。

「算了，爸跟兒子本來就要一起走啊！」他們完全無視我的存在，互相搭著肩，繞過我走進大廳。

「噁心死了，哥看到一定會吐！」我翻著白眼，跟了上去。

我們四人擠在哥的塔位前，七嘴八舌地搶著說話，媽和哥閒話家常，我則跟哥聊著瑣事，順便代替老斌跟哥道歉。

爸跟阿凱則像是要公證一樣，在哥面前又上演了一次「我願意」的戲碼，我已經可以想像哥吐了一地的模樣。

準備離開前，爸爲了不讓他的寶貝兒子阿凱太累，決定自己去停車場把車開來。

「蘇芷依，叫聲『哥』來聽聽。」阿凱一副老大哥的模樣，抬高下巴看著我。

「那你得先把你的智商提高啊。」我無奈地擺了擺手。

「妳這個臭小鬼……受死吧！」

阿凱舉起手朝我做出螺旋丸的招數，爲了配合他的智商，我只好喊出羽月的咒語對他拍拍砰呸……

媽在一旁笑著看我跟阿凱耍智障，等了好一陣子卻始終沒有看見爸，我們打爸的手機也都無人回應。

我們匆忙跑到停車場，發現車仍完好停在車格上，但駕駛座的門大開，爸失去了蹤影。

我們循著鈴聲，在大水溝找到昏倒的爸，而後趕緊將爸送往醫院，原本要去法院的行程也就此取消。

還好醫生說他只是撞到頭才一時暈了過去，比較嚴重的問題是閃到腰，其他都是小擦傷，沒有大礙。

「爸，你好端端去開車，怎麼會掉到水溝啦？」我帶著哭腔緊抓著爸的手。

阿凱滿臉擔憂，媽也有些驚魂未定。

爸望著天花板良久，似乎在猶豫要不要開口。

「我……要發動車子的時候，看見一隻白色的貓咪從引擎蓋上跳過去，我覺得牠很像阿凡以前養過的那隻白雪，就跟了過去。」

「你在亂說什麼啦！白雪很早就過世了。」

「我知道，我只是想跟過去看看，結果就掉下去了，而且我剛剛昏睡的時候，夢到了……」

「夢到白雪嗎？」阿凱問道。

爸沉默了好一陣子，才緩緩開口：「夢到阿凡……他抱著白雪對我說『不可以』。」

一句話讓我們同時噤聲，沒人再開口說話。

爸在醫院待了三天確認身體無礙後，正好在除夕這天出院，我們因此能夠在家裡一起吃團圓飯。

阿凱爲了照顧爸，推掉了他原先接的兼職，也怕媽辛苦，要媽睡哥的房間，他則跟爸一起睡，能夠徹夜照顧，以防突發狀況。

我們都沒再提起那天發生的事情，但爸跟阿凱已經習慣性地改了對彼此的稱呼。待在家的這段時間，我跟老斌的對話始終簡短，甚至連通話也講沒幾句就掛斷。後來，我不主動撥打電話，老斌也沒再打來。

深知他有煩心事，我打算多給他點空間，便沒把爸受傷的事告訴他，也不敢主動詢問他的狀況是否好了一些。

多虧阿凱幫爸規畫了養傷的日程表，爸的腰傷已好了大半，不過卻被爸嫌棄每天按表操課很像在坐牢，直嚷著要跳鬼步。幸好阿凱這個典獄長非常稱職，每天嚴格盯著爸，堅持等他腰傷全好了才批准。

開學的前一天，我收拾好行李，獨自搭火車回台南。因爲阿凱是大四生，下學期的課程多半是實習和畢業專題製作，需要實際到校的課比較少，便決定多留一個禮拜。

到了台南火車站，因爲吉他社有活動，老斌走不開，我便拜託佳佳過來接我。

回到宿舍，青兒、小芸跟怡雯已事先買好了午餐在等我們。

「阿凱要入妳家戶籍？」

這群女人聽我分享完簡單的近況後，驚訝的吼叫聲差點沒掀破宿舍的屋頂。

「對啊，這有什麼好大驚小怪的？」我揉了揉有些耳鳴的耳朵，「就說了我跟他是兄妹啊！」

「鬼才相信！阿凱學長都爲了妳跟學姊分手了。」青兒激動地揮舞著手中的筷子。

「才不是因爲我！妳不要又在那邊亂編小說。」我反駁。

「看來阿凱學長沒戲唱了。」小芸惋惜地搖了搖頭。

「有什麼戲要唱？」

「妳說你們沒成功去法院，後來呢？」佳佳一邊插起鹹酥雞一邊問。

「後來我們也沒有決定什麼時候再去一趟，畢竟那天發生的事情有些離奇。」瞧見眼前四雙好奇的眼睛，我忍不住想嚇嚇她們，「其實我爸會摔進水溝是因爲他看見了一隻貓咪，他說那隻貓咪長得很像我哥以前養的一隻叫白雪的貓。他因爲好奇跟了過去，沒想到就摔進水溝了。」

「腰好了總可以去了吧？」

「但……我們沒人敢再提那件事。」我眯起眼，聲音故意轉爲低沉，「我爸在醫院昏睡後醒來，說他夢到了我哥，我哥抱著那隻白雪，跟我爸說……不可以！」

最後三個字我猛然提高音量，除了毫無反應的怡雯之外，其他人都被嚇得花容失色。見狀，我放聲大笑。

「靠！別嚇人了！眞的還假的啦？」青兒跟小芸因爲害怕而緊靠在一起。

「呃……好毛喔……」佳佳搓著自己的手臂，打了個哆嗦。

「眞的，所以我們就沒有再談過這件事了。」

大家似乎還在消化剛剛的驚嚇，沉默了一陣子。

「妳哥說妳跟阿凱不能成爲兄妹！」

怡雯突然大喊出這句話，讓我們被嚇得驚聲尖叫，一連串髒話頓時從我們口中爆出。

「我只是幫妳哥說出心聲而已。」怡雯一臉無辜。

傍晚，老斌終於得空來載我一起去吃飯，時隔幾個禮拜沒見，老斌看起來更憔悴了。

「你是不是變瘦了？」我抱著老斌，總感覺他的腰圍少了一寸。

「哪有？不是妳變胖了嗎？」老斌才剛說完，就被我打得連聲哀號。

我們在夜市隨意找了一間臭豆腐店入座。

「我們去看哥的那天，爸摔進水溝傷到腰，不過已經沒事了。」

「什麼？怎麼會突然摔進水溝？」

「爸說看到一隻很像哥以前養的貓，就跟過去，沒想到不小心摔下去。但其實那隻貓過世很多年了，我爸一定是看錯了。」

「妳哥養的貓？」

「嗯。」我嘴裡嚼著臭豆腐，漫不經心地說道：「對了，阿凱要入我們家戶籍。」

「什麼？入戶籍？」老斌的音量大到周圍的人都往我們這邊看了過來。

「你那麼大聲想嚇死誰啊？」我尷尬地壓低聲音。

「阿凱答應了？」

「對啊，那天看完哥我們本來就是要去法院問收養的事，但因爲爸的腰傷就耽擱了，之後會再找時間去吧。」

我看著一臉正色的老斌，很不識相地笑出聲，「你幹麼這麼嚴肅？我跟阿凱本來就是兄妹啊，就只差法院認證而已。」

老斌又用讓人猜不透情緒的眼神望著我良久，久到我不知爲何感到莫名心虛。

吃飽後，老斌將我送回宿舍，一路上都冷著臉。

「那……我先上樓嘍？」

「小依。」老斌叫住我，「妳眞的要讓阿凱做妳的哥哥嗎？」

「沒什麼不好啊，這對大家不都是最好的結果嗎？爸媽有了兒子、我有了哥哥，你也不用再擔心發生讓大家產生疙瘩的事。」

「妳呢？這是妳想要的結果嗎？」

我頓了頓，「我？我可以啊，這沒什麼問題吧？」

「小依妳知道嗎？我直到現在才明白，當妳學會放棄一個人的時候，才會知道自己有多深愛這個人。」

「你在說什麼？」

「小依……我們分手吧。」

這一刻我才終於看懂老斌眼裡的情緒，那是堅決。

第五章　雨落之處

去年新生入學搬進宿舍後，我的情緒一直都很焦慮。

選社團那天，我遇見了就讀四年級的阿凱，那是我跟他失聯了兩年多後，第一次見面，當時他牽著瑾荷學姊。

告別阿凱後，我突然心悸發作。

「同學，要不要送妳去醫院？」當時一個戴眼鏡的男生對我喊道。

我緊抓著胸口，搖了搖頭。

「妳是心悸嗎？還是胸悶？有藥嗎？」

我還是搖了搖頭。

「那、那要怎麼辦？還是妳跟著我這樣做看看？吸——吐——吸——吐——」

我望向他，配合著他誇張的肢體動作調整呼吸，心悸竟然就這樣慢慢緩解了。

「妳眞的沒事嗎？不用去醫院？」

「謝謝你，眞的沒事，不用擔心。」我擦了擦額角的冷汗，向他道謝。

「妳是新生吧？手機借我一下，這是我的電話，有事都可以聯絡我，妳可以叫我老斌。」

我接回方才遞給他的手機，愣愣地點了點頭。

「我還有急事得先走了，妳要是還沒決定好參加什麼社團，就來找我玩吧！」說完，那個男生就將手裡的傳單塞給我。

等我再次抬頭時，那個男生已失去了蹤影。

「吉他社……」我喃喃自語，望著那張傳單失神了好一陣子。

等我回過神來時，人已經站在吉他社攤位附近。

RE SO SO SI DO SI LA SO

LA SI SI SI SI LA SI LA SO

吹著前奏望著天空　我想起花瓣試著掉落

〈晴天〉熟悉的旋律鑽入耳裡，明明是首輕快的歌曲，卻讓我的心不斷下沉。

我循聲找到了聲音的主人，正是剛剛拯救我的那個男生。

我記得他叫老斌。

進入吉他社的第一天，我沒有想到阿凱竟然也在這裡，或許是因爲驚嚇，我的胸口有些脹痛。

「我是上一屆的社長，算是來跟老斌做交接儀式，沒想到妳也參加吉他社。」阿凱走了過來，「上次見到妳忘了跟妳要電話，妳換號碼了吧？」

「對啊，換一陣子了。」

「妳連手機都換了？」阿凱盯著我手上的白色手機。

「對啊，之前的壞掉了，就一起換了。」

「下次一起吃個飯吧？這麼久沒見，想請妳吃頓好吃的。」

老斌忽然探頭過來，「擇日不如撞日，就今天吧？你們兩個竟然從小就認識了，好巧。」

「我今天沒辦法耶，我還有事，先走嘍！」我拿起包包頭也不回地離開。

「小依，等等！」

身後的呼喊讓我停下腳步，看見是老斌後，我鬆了一口氣。

「妳沒事吧？我覺得妳臉色很不好。」老斌拉著我在一旁坐下，「心悸又發作了？」

「我沒事，休息一下就好了。」我撫著胸口，緩了緩呼吸。

「妳有去看醫生嗎？爲什麼沒吃藥治療？」

「我這個是心病，沒藥醫。」我苦笑，「對了，我有心悸這件事，麻煩不要告訴阿凱，他這個人很愛操心、管東管西，我又跟他失聯一段時間，怕他會大驚小怪。」

「你們果然認識很久了，因爲阿凱學長跟妳描述的一模一樣，有時候還很煩人。」

我和老斌一同笑出聲，那好像是我第一次這麼快就緩解了心悸的症狀。

吉他社的聚餐訂在週末，老斌之前一直說服我出席，我持續地婉拒。

「我第一次當社長，學弟妹都不認識，好不容易先認識妳了，結果連妳都不去，那我還有什麼資格當社長……」

「好啦，知道了！我去就是了！」在他第十八次裝可憐的時候，我終於妥協。

週末那天，天氣微涼，老斌騎車來載我，一路上他自顧自地說話，然而我一個字也沒聽進去。

我望著變得有些陰暗的天空，「還要騎很久嗎？」

「快到了，前面過紅綠燈右轉就差不多到了。」

周遭的空氣開始變得潮濕。

「那個……可以停一下車嗎？好像快下雨了。」

「嗯？沒有啊！只是沒有太陽而已，這樣騎車還滿涼爽的。」

「快下雨了，快點停車。」我嚥了口口水，呼吸不自覺地變得急促。

「怎麼了？等等右轉就到——」

「我叫你停車！」我大吼一聲，老斌趕緊靠路邊停了下來。

我止不住顫抖，踉蹌著腳步匆忙地下了車。

雨滴果然開始落下，眼前忽然一陣黑，接著我失去了意識……

醒來後，我已經安然地躺在宿舍的床上，佳佳告訴我是老斌送我回來的，我頓時非常後悔答應赴約。

後來，我沒有再去過吉他社，老斌卻開始每天傳一部自彈自唱的影片給我，而且始終沒有過問那天突發的狀況。

偶爾我跟佳佳外出吃飯時，會看見老斌從不遠處走過來，對我們說「好巧」。

我從來沒有戳破他的謊言，久而久之，就這麼習慣了。

習慣眞的是很可怕的東西，習慣老斌的存在後，有時候我還會東張西望尋找他的身影；習慣他的歌聲後，我在失眠的夜晚，甚至會點開影片聽著他的歌聲入睡。

某天，我終於去了一趟吉他社，老斌看見我時露出的笑容宛若陽光般燦爛。

九月末，秋天帶來了濃烈的憂傷氣息，我獨自坐在無人的吉他社社辦，看著窗外的驟雨，似乎也感染了些憂鬱。

「終於找到妳了。」

忽然出現的老斌氣喘吁吁，衣服淋濕了大半。

「你怎麼……」

「我聽說了，今天是妳哥的忌日，可妳爲什麼跟佳佳說妳要回高雄，卻跟阿凱學長說吉他社有活動不回去？」

我望著他，一個字也說不出來，直到他的身影在我眼裡變得越來越模糊。

「沒關係，有我在。」老斌一把將我擁入懷裡，承接了我所有的悲傷。

我一直以來藏得很好的脆弱，在那瞬間全數潰堤。

老斌就是我的太陽，照亮了我漆黑的世界，我曾以爲只要我一直面對陽光，就不會再陷入黑暗。

然而，如果太陽拋棄我了呢？

誰來告訴我答案……

「蘇芷依，妳爲什麼不接電話？」佳佳一進門就氣沖沖地喊道，順手打開了電燈，「不是關機就是靜音，害我都找不到妳！妳有沒有在聽——妳怎麼了？妳在哭嗎？」

佳佳慌張地蹲在我面前。

「佳佳……老斌說要跟我分手，怎麼辦？」原以爲已經流乾的淚水，再度模糊了我的視線。

沒多久，青兒、小芸跟怡雯便趕來宿舍，除了安靜的怡雯，其他三人皆嚷著不解，還說要找老斌算帳，但我並沒有理會她們的對話。

佳佳冷不防拍了拍我的肩，我抬頭，只見她們驚恐的臉龐在我面前放大，她們邊說話，邊激動地比手畫腳，我卻一個字也沒聽見，彷彿有人按了靜音鍵。

接著，她們倉促地離開了房間。

我失神地望著關上的門，突然一隻手搭上我的肩，我才發現還留在房間的怡雯。

「小依，傾聽妳內心的聲音吧。」怡雯的聲音像是被悶在話筒裡，在我耳邊迴盪。

霎時間，方才被靜音的對話全在此刻再次重現——

「晉民學長打電話說，阿凱學長去找老斌算帳！」

「什麼？他們該不會打起來了吧？」

「不知道……在事情還沒鬧大之前，我們得趕快阻止！」

「怡雯，妳留在這裡照顧小依！」

我胡亂地抹去臉上的淚水衝出宿舍，一邊跑向老斌家，一邊拿出手機，忽略不斷跳出的訊息，直接撥給老斌。

電話那頭傳來令人焦躁的嘟嘟聲，我不死心地又撥打了好幾次。

「我會在你家樓下等到你出現爲止。」好不容易接通後，不等老斌回話，我便逕自掛斷通話。

不知道等了多久，老斌才冷著臉從遠方走來，嘴角那抹瘀血瞬間占據了我的視線。

「你眞的……跟阿凱打架了嗎？」我伸出顫抖的手想碰觸老斌，他卻別開臉。

「呵，阿凱那傢伙還眞以爲他是妳哥啊？」老斌冷笑一聲，「說什麼以爲可以放心把妳託付給我，結果我竟然辜負他的期望？眞是笑死人。」

「我說過了！他就要入我們家戶籍，眞的會成爲我的哥哥啊！」

「妳眞的這麼希望嗎？」

「這不是所有人的希望嗎？」

「我問的是妳的內心！」

「我？我的想法不重要啊！重要的是，這是最好的結果，不是嗎？」

「蘇芷依！不要再說謊了！」老斌大吼一聲，把我嚇了一跳。

老斌向我走來，我第一次看見他發怒的樣子，讓我不自覺後退了幾步。

「我心裡一直都有個疑問，爲什麼妳總是有意無意地避開阿凱，阿凱依舊不厭其煩地靠近妳……我從來沒有懷疑過你們的關係，我也不想這麼做，直到運動會那天，我的信任有點動搖了。」

「老斌，等等——」

「妳越是推開他，我就越感到不對勁……直到我看見了那本妳藏起來的日記……我才終於明白妳爲什麼生病、爲什麼推開他、爲什麼跟我在一起！爲什麼妳心裡明明住了另一個人，卻還是讓我擠了進去！」

「等、等等！你到底在亂說什麼？」

「小依，人的心很小，容納不了兩個人，待在妳心裡，我覺得好擁擠，我眞的待不下去了。」

滿腔的怒意瞬間塞滿我的胸口，「你到底憑什麼自作主張地說要分手，又自以爲是地說我心裡有兩個人？你問過我的感受嗎？我對你來說到底算什麼？想追就追、想分就分嗎？這樣我的心意算什麼？你不相信我愛你嗎？我不分手！我不要跟你分手！」

「我相信……我相信妳是愛我的，但我也相信妳還愛著他，妳越是愛他，就越封閉自己，妳的心病不就是爲了克制自己的心意導致的結果嗎？」

「不是的，才不是那樣……」

「小依，我眞的很愛妳，才做了這個決定。看過那本日記後，我每天都在思考，甚至想說服自己，這一切也許不是我想像的那樣。可我發現無論我怎麼想，答案都只有一個——妳會愛上我，並且跟我在一起，都是爲了能用平常心面對他。不是嗎？」

嘩啦——嘩啦——

陣陣雨聲落入耳畔，我閉上雙眼任由雨水打在身上。

老斌到底在說什麼?他說的那個人，我才不喜歡——

「妳為什麼站在這裡淋雨？」

熟悉的聲音響起，我睜開眼便望見不該在這場雨出現的人。

阿凱將手上的外套披到我的身上，一把摟住我的肩，撐著傘往回走。

「老斌家離我宿舍很近，幸好妳還沒走遠。」

他身上的洗衣精香味瞬間充斥我的鼻腔，如同記憶中的那樣，不曾改變。

自從我推開他以後，我們已經很久沒有這麼靠近了……

「林晉民跟小芸說了，等等她們會來接妳，我先幫妳把頭髮弄乾。」

踏進阿凱的租屋處，我仍失神地看著窗外的雨。

他將我按在椅子上，吹風機嗡嗡嗡的聲音在我耳邊響起，原本濕涼的頭皮逐漸感到溫熱。

嘩啦——嘩啦——

阿凱關掉吹風機後，雨聲又開始在我耳邊喧囂。

「老斌做了什麼對不起妳的事嗎？」阿凱蹲在我身前，他的衣服濕了大半，嘴角腫了起來。

「你為什麼要打架？」

阿凱用手遮住了嘴角，「我以為老斌玩弄妳的感情，我太生氣了。」

「不是的，不是老斌的問題……」

「知道了，我不問了。」阿凱見我又哭了，慌張地抬手幫我抹去淚水。

「那你呢？你爲什麼跟瑾荷學姊分手？」

阿凱愣了愣，「我不想繼續傷害她，所以選擇分開。走吧，小芸她們應該快到了。」

阿凱迴避我的問題，站起身來將我拉起，他掌心的溫度自我手心傳了過來。

阿凱見我沒有動作，轉頭看向我，「怎麼了？」

「你爲什麼不恨我？爲什麼不怪我？怪我當初什麼都不說，丟下你一個人離開。」

「我從來沒有怪過妳，也不恨妳，我只怪自己沒能在那段傷心的時間陪伴妳。」

「你是眞的想當我的哥哥嗎？」

「當然，如同我很久之前說過的，阿凡的妹妹就是我的妹妹，我想代替阿凡好好照顧妳，這樣我們一家人就能永遠在一起了。」

可是我不想永遠跟你在一起，我只想逃離你。望著阿凱的笑容，我一個字也說不出口。

他身上那抹洗衣精的香味更加濃厚地襲來，我屏住呼吸，卻又渴望著那股香味，這樣反覆的糾結讓我好想狠狠地大哭一場。

「別哭了……」阿凱捧著我的臉頰，承接住我所有無處安放的淚水。

耳邊的雨聲逐漸減弱，我才發現是因爲我的心跳聲越來越猖狂。

RE SO SO SI DO SI LA
SO LA SI SI SI SI LA SI LA SO
吹著前奏望著天空　我想起花瓣試著掉落

悠揚的吉他聲忽然響起，搭配著低沉的嗓音，繚繞在此刻靜謐的空間裡。

我驚惶地推開阿凱，慌慌張張地尋找聲音的來源，接著我從口袋裡撈出那支紅色手機，將它關機。

嘩啦——嘩拉——

滂沱的雨聲再次襲來，卻依舊無法掩蓋我震耳欲聾的心跳聲。

「妳不是說這支手機壞了嗎？爲什麼還留著我當初給妳的錄音檔？」

哥待在醫院的第五天，永遠離開了這個世界。

當時一直陪伴在我身邊的人是阿凱，如果沒有他，我不敢想像自己如何度過那段時間。

設立哥的靈堂之後，他除了得照顧還在養傷的我，還要顧慮爸跟媽的情緒。此外，因爲習俗的關係，白髮人不能送黑髮人，所以守靈的工作幾乎由阿凱一肩扛下，他那陣子總是掛著微笑，要我們不用擔心。

我每天都坐在靈堂，靜靜望著哥的照片，常常一坐就是好幾個小時。

有時候，我哭到累了會不自覺昏睡。等我醒來後，總發現自己安穩地躺在房間的床上，走出房門，我就會看見阿凱的身影，他會笑著向我走來，摸摸我的頭問我睡得好嗎。

告別式當天，禮儀公司的人來幫哥的大體做最後整理，我們圍繞在哥的四周瞻仰遺容，想把握最後的時間跟哥說說話。然而，眞正到了離別的時刻，除了哭，我們連一句話都說不出來。

緊閉雙眼的哥躺在棺木裡，安穩的模樣彷彿睡著了一樣，似乎下一秒就會醒來。

「阿凡，放心地走吧，我會好好照顧他們，你不用擔心。」阿凱的話語中有著強忍的情緒。

我站在一旁看著哥好久好久，想把他最後的模樣刻進腦海，永遠不要忘記。

「哥，你不會再感到疼痛了，記得來夢裡跟我說說話，我會很想你……」

入殮的當下，好幾次我差點站不穩腳步，每次都是阿凱扶住了我。

蓋棺後，法師要爸媽拿棍子在哥的棺木上敲三下，代表父母杖責子女未盡孝道先走一步。但爸媽不忍心全身都是傷的哥再受到苦痛，僅用手輕輕地敲棺木三下，讓哥放心地跟菩薩走，別再留戀這個世界，願他下輩子還能繼續這未盡的家人情緣。

出殯移柩至火葬場的途中，因爲父母不能隨行，只能由我跟阿凱陪伴哥走完最後一段路程。

阿凱原先怕我體力不支，不願我走在隊伍的最前頭，可我堅持咬著牙也必須陪哥走完，這跟哥用性命保護我的決心相比，根本就不算什麼。

我捧著哥的遺照，拖著步伐緩慢走著，阿凱一手撐著黑傘，一手緊摟著我的肩，給予我很大的支持。

途中，我的腦海不斷浮現跟哥相處的過往，同時內心深切地盼望這段路永遠不要走到盡頭。

在我淚眼模糊的瞬間，哥在一陣炙熱的火光中化爲一縷白煙飛向天際，眞眞切切地消失於我的世界。

哥離開後的那段期間，我就像具沒有靈魂的軀殼，每晚都夢到那場車禍，而後驚醒，經常哭到無法自己，最後被醫生診斷罹患了創傷後壓力症候群。

阿凱向學校請了長假，待在我們家照顧著大家。

在爸用酒精把自己灌醉的時候，阿凱會陪爸聊天，直到他醉到不省人事，再把他扶回房裡；在媽躲在頂樓偷哭的時候，阿凱會替媽披上外套，靜靜地待在她身旁；在我被惡夢驚醒、哭到崩潰的時候，阿凱會陪在我身邊，耐心哄我入睡。

大家的生活漸漸回歸原本的軌道後，我們一家三口加上阿凱，已經可以坐在餐桌前，偶爾聊著從前哥的趣事。

十七歲生日當天清晨，阿凱躺在我的身旁熟睡，我望向窗外的晨曦發愣。這是第一次沒有哥陪伴的生日，我思念哥的情緒忽然高漲。

我躡手躡腳地下床，確保沒吵醒阿凱後，久違地走進了哥的房間。

房裡的擺設一如往常，彷彿房間的主人從沒離開過。

我坐在哥的床上，拾起他隨手丟在一旁的上衣，熟悉的氣息縈繞鼻尖，淚水倏地掉落。

抬眼時，我正巧望見了哥掛在床頭櫃上的那幅畫，想起哥曾經拿著這幅畫，笑著向我們炫耀他得了第一名。

畫作上的陽光和彩虹占了大半面積，站在角落的小男孩撐著一把傘仰望著天空，卻不見放晴時的喜悅，因爲他的傘下仍下著大雨。

我站起身，打算將這幅畫帶回自己的房間，心想著只要睜開眼就能看見這幅畫，就好像哥一直都還在吧？

我伸手拿下畫框，忽然有個東西自畫框後方掉落在床頭櫃上，我嚇了一跳，定睛一看，才發現那是一本皮革封面的筆記本。

沒想到會意外發現哥留下的遺物，我的心跳不受控制地加快，這就好像突然收到了哥送給我的生日禮物。

我打開皮革書套的釦子，第一頁右下角寫了個「凡」字，我摸著那熟悉的字體，淚水再度溢滿了眼眶。

花了整整一個晚上，我看完了筆記本裡的所有內容。

原來，這是不能讓別人知道的日記，其中寫滿了哥深藏的祕密。

哥騙了我，一直以來都欺騙著我。

我望著畫作上的小男孩，彷彿漫出畫作的哀傷，讓我瞬間讀懂了這幅畫背後的涵義。

哥這輩子唯一的企盼，如同這幅畫的名字一樣，藏在永不見天日的雨季之中。

那場困住哥的大雨，也將我淋濕，無法止息。

我將自己關在哥的房裡，好幾天都不肯出來，不僅誰也不見，甚至在阿凱出現的時候，情緒更加失控。

當時的我總是夜不成眠，好不容易睡著了之後，又會再次身陷在那場害死哥的大雨之中，哭喊著醒來。

高二時，爸媽幫我辦理了休學，同時我也跟阿凱失聯了，後來的兩年多，我都沒有再見過他。

十七歲那年，我自以爲收到了意外的生日禮物，沒想到那卻是將自己囚禁的枷鎖。

有時候，我總會忍不住想，如果我沒有發現那本日記，現在的我跟阿凱會變得如何？

第六章　與你走失的雨季

嘩啦——嘩啦——

雨聲突然竄入耳裡，我睜開雙眼，四張臉同時間在我面前放大，害我嚇得尖叫。

「妳們怎麼全都在這？」我望著她們眼下那一圈黑眼圈。

「還好還好，能叫就表示沒事了。」青兒安心地拍了拍胸口。

「小依，妳還會不舒服嗎？妳昨晚幹麼淋雨啊！」佳佳像個老媽子，對我問東問西。

「小依，別擔心，我們都會一直陪著妳。」小芸緊握住我的手，眼睛腫得跟金魚一樣。

「小依，心情不好的時候，可以看看漫畫，心情會豁然開朗，覺得世界很美好。」怡雯邊說邊將手中的漫畫遞到我懷裡。

封面兩個相擁的美男映入我的眼簾，佳佳跟青兒白了一眼。

佳佳說昨天她們把我從阿凱那邊接回來後，我半夜發了高燒，哭鬧著不肯去醫院，她們只好徹夜輪流照顧我。

「小依，我告訴妳昨天他們吵架的狀況有多麼精采……」青兒一腳踩上椅子，捲起袖子準備開始她的單人表演，「昨天我們趕到現場的時候，阿凱已經抓住老斌的衣領，一副要把老斌吃了的模樣——」

「青兒，晚點再說吧，小依需要休息。」佳佳打斷了青兒，原本揪住怡雯衣領的青兒瞬間定格。

「喔……好吧。」青兒撇了撇嘴，悶悶不樂地放下怡雯的衣領。

「沒事啦，我大概都知道。」我笑了笑，試圖緩和氣氛。

「妳要不要先去沖個澡？昨晚妳流了很多汗。」佳佳將我的另一套居家服遞給我。

我點了點頭，在我踏進浴室時，後面跟了三個人影，「妳們要幹麼？」

「怕妳又昏倒啊。」小芸一臉擔憂。

「幫妳洗。」青兒又捲起了袖子。

「四個人很擠耶，還是我這同居人來吧。」佳佳將另外兩位推了出去。

「妳們太誇張了吧？我眞的沒事啦！」我被她們氣笑，將她們通通趕了出去。

洗完澡之後，我蜷縮在椅子上，佳佳很有默契地站在我的身後，打開吹風機替我吹頭髮，青兒跟小芸的嬉笑聲夾雜在吹風機的嗡嗡聲響裡。

「告訴妳們喔！」青兒見我們吹完了頭髮，興致勃勃地揚高了聲音，「小芸正在跟林晉民學長搞曖昧！」

「喂！妳不要講那麼大聲啦！」小芸整張臉紅得像蘋果。

我跟佳佳跟著起鬨，要小芸好好地交代他們的曖昧史。

「這……其實也要感謝小依啦，因爲我們幾乎都在聊小依跟老斌，還有阿凱跟瑾荷學姊的事……」小芸低下頭，越說越小聲，青兒跟佳佳則尷尬地瞄了我一眼。

我哼了一聲，「那你們在一起後，得請我這個媒人吃大餐！」

「話說回來，阿凱學長爲什麼會跟學姊分手啊？」青兒用手肘撞了撞小芸，「林晉民學長有跟妳說嗎？」

「沒有耶，他也不知道原因。」小芸聳了聳肩。

「不是因爲……運動會嗎？」青兒瞥了我一眼後，用氣音說出一個關鍵詞。

「應該……不是吧。」小芸也瞥了我一眼，「好像是阿凱學長還忘不了他的初戀情人。」

「初戀情人？阿凱學長有初戀情人？」

「對啊！我聽學長說阿凱學長大一的時候交過一個女朋友，和她分手後，阿凱學長過得很痛苦，每天都行屍走肉，用酒精麻痺自己。當時吳瑾荷學姊一直陪在他身邊，所以才有了感情吧。」

「眞假，他爲什麼會跟初戀情人分手啊？」

「沒人知道原因。」

「小依，妳跟阿凱學長不是認識很久嗎？妳知道原因嗎？」青兒問道。

不想繼續這個話題，我聳了聳肩。

「小依那時候跟阿凱失聯了啊，妳們忘嘍？」佳佳補充，眾人才恍然大悟。

「也是齁，難怪小依不知道。」

青兒跟小芸有一搭沒一搭地聊著阿凱的八卦，窗外的雨已經停了，我望著天空發呆，忍住想把耳朵摀住的衝動。

小芸的手機在這時響起，林晉民學長來了電話，終止了小芸和青兒的談話，我不禁鬆了一口氣。

小芸的臉頰立刻染上一層紅暈，講電話的聲音軟綿綿的，我、佳佳還有青兒紛紛對小芸露出了曖昧的笑容。

小芸忽然朝我投來目光，臉色漸漸轉爲凝重。

「小依……」小芸掛上電話，看著我欲言又止，「晉民學長說……瑾荷學姊現在在宿舍門口等妳。」

大家的視線不安地朝我投來。

「找我幹麼？」

「不知道，晉民學長說瑾荷學姊會等到妳去見她爲止，她好像有事想跟妳談。」

突如其來的邀約讓我有些不知所措。

佳佳和青兒嚷著打算陪我去，我整理好情緒後，婉拒了她們的好意，「沒關係，我自己去就好，也許她有什麼重要的事要跟我說，妳們別跟來。」

「妳確定？」佳佳抓住我的手，一臉擔憂。

「嗯，別擔心。」

「好吧，外套穿著，別著涼了。」佳佳隨手拿起掛在椅背上的外套披在我身上。

我隨意應了聲，在她們目送下離開了房間。

我踩著沉重的腳步，一顆心七上八下的，不斷預想待會可能發生的狀況。

當我靠近宿舍大門的時候，透過玻璃窗清楚看見坐在長椅上的瑾荷學姊冷著一張臉。

我深吸一口氣，推開了門。

瑾荷學姊發現動靜，朝我的方向看了過來。

「啪——」一記清脆的巴掌聲響起。

「沒想到妳是這種女人！」瑾荷學姊朝我大吼，激動地拉扯我身上的外套，「知道要來見我，所以故意穿阿凱的外套來向我示威嗎？」

我過了好幾秒才反應過來，方才佳佳替我披上的是阿凱昨晚借我穿的那件外套。意識到這點之後，我趕緊將外套褪下，「學姊……不是這樣的，是我室友剛剛隨手拿來披在我身上……這個是昨天下雨的時候，阿凱借我穿的，我忘記還給他了……」

這番解釋卻讓瑾荷學姊的臉色更加難看，她用力地推了我的肩膀，「哇靠，才剛聽說妳跟男友分手，就跟阿凱搞上了？怎麼？昨天阿凱跟妳前男友爲了妳打架，覺得很虛榮嗎？」

「沒有！我不是這個意思！」我慌張地搖了搖頭，「學姊，這眞的是誤會……」

「誤會？哈！妳這女人怎麼這麼不要臉？那妳爲什麼剛好考上這間大學？爲什麼失聯後又這麼剛好出現在他面前？難道都不是妳計畫好的嗎？妳跟阿凱不就是假借兄妹的名義在搞曖昧嗎？」

「我眞的沒有！」

「妳爲什麼要出現？都已經沒聯絡了，爲什麼還要回來找阿凱？當初是妳自己丟下他的，不是嗎？留他一個人獨自面對傷痛。妳以爲我什麼都不知道嗎？妳知道他當初費了多大的力氣才走到這裡的嗎？爲什麼又要再次干擾他！」

瑾荷學姊大聲哭喊，拉著我又捶又打，我咬著牙，嚐到了嘴角的鹹，卻無法做出任何反擊。

「……對不起。」

不知道在這裡呆站了多久的時間，等我回過神來的時候，瑾荷學姊已失去了蹤影，唯獨她的哭聲仍盤旋在我耳邊，無法消散。

當我回房後，佳佳她們見我一頭亂髮，臉上還有掌印時，全都激動地跳腳。

青兒揪著怡雯的頭髮，問我剛才和瑾荷學姊的情況是不是如此？

佳佳已經穿上了鞋，叫囂著要找瑾荷學姐算帳，小芸則拚命向我道歉，哭著說自己不該答應幫晉民學長這個忙。

我無暇傾聽她們說的任何一句話，藏在內心的懊悔不斷擴大。

「是我……是我的錯……全部都是我害的！」逐漸失控的我將手中那件外套扔了出去。

佳佳連忙上前抓住了我，「小依，妳在說什麼？」

「是我不該來這裡！不該再跟阿凱見面……這樣任何人都不會受到傷害，都是我的錯、都是我！」

「小依！妳冷靜點！」

我捶打著自己，奮力掙脫佳佳制止我的手。

此時，我的手突然揮到一個東西，玻璃摔碎的聲音連同其他人的尖叫聲一起響起。擺在我桌上，鑲有彩色馬賽克的相框碎了一地。

「小依，妳是不是……」

怡雯撿起了那張從相框裡掉落出來的照片，遞到我面前。照片裡，哥摟著我的肩，對鏡頭笑得燦爛，而我另外一邊的人影則因爲摺痕而被藏到了照片背後。

怡雯將摺痕攤開來，阿凱的笑容和我們緊緊牽著的雙手瞬間映入眾人眼簾。

「妳一直愛著阿凱，對嗎？」

那是我們曾經相愛的證據。

哥小學三年級的時候，變得沉默寡言，直到阿凱轉學到他們班上。

聽哥說阿凱是他奶奶帶大的，雖然沒有雙親陪在他身邊，但在他身上完全看不到任何的憂鬱。

阿凱就像太陽一樣，總是照亮身邊的人。

他很喜歡笑，也很喜歡逗別人笑，待在他身邊，好像所有陰鬱都會煙消雲散。

阿凱笑起來時，眼睛會彎成月亮，臉頰上還有淺淺的酒窩——這是我對阿凱的第一印象。

阿凱開口閉口都是奶奶，他每天都會喝很多牛奶，希望自己快點長大、趕快工作賺錢，奶奶就不用這麼辛苦。

在阿凱的奶奶加班不在家的日子，他就會跑來我家蹭飯，奶奶都會給他五十元，囑咐他不要到別人家裡白吃白喝。

媽一開始拒收，覺得只是多一副碗筷沒有什麼差別，可是阿凱也很堅持，媽拗不過他，便買了一個存錢筒，專門讓阿凱投飯錢用。只是媽從來沒動過那筆錢，一直幫他存著。

爸跟媽都很喜歡貼心懂事的阿凱，直呼他是我們家的第三個小孩。有時候，我跟哥也會去阿凱家陪他的奶奶聊聊天。

我第一次看見阿凱哭，是在他國小五年級的時候。

當時阿凱的奶奶生病，媽都會燉補湯讓阿凱帶回去，他總是會因爲害我們家多花錢而道歉。我跟哥直嚷著要他不用擔心，畢竟我們兩個上繳的零用錢絕對足夠媽買補湯的食材。

阿凱聽了之後哭了好久，把我跟哥嚇得不知所措。

那時候的我因爲沉迷小魔女DoReMi，都會手工自製變身盒和魔法棒，哥覺得羞恥老是拒絕陪我玩，我只好拉著比較好說話的阿凱一起玩。

久而久之，我常常忘記阿凱其實大我兩歲，因而不自覺直呼他的名字，他倒也不在意。

自從哥升上高年級後，他每天都會騎腳踏車載我上下學，每到放學時刻，我總會看見他們在校門口對我招手。

「我們要三碗八寶冰，一碗不要芋頭。」

我們很常在放學後到冰店報到，雖然我們和老闆已經熟到不用開口點餐，他就能爲我們送上餐點，阿凱依舊習慣說出這句台詞。

「老闆，我還要一杯木瓜牛奶，去冰無糖。」

每次吃完冰準備離開時，哥也總是說著這句台詞。

「妹妹妳很幸福耶！眞羨慕妳有兩個哥哥這麼疼妳。」

因爲沒有芋頭的八寶冰和去冰無糖的木瓜牛奶，都是我的。

「沒什麼好羨慕的，碎念也是兩倍，很累耶！」我無奈地攤手，「眞不知道我以後怎麼交男朋友。」

「才國小，交什麼男朋友？」哥挑眉，冷冷地說道：「妳以後如果交男友了，我一定把那個人的腿打斷。」

「哇靠！哥，你要我單身一輩子啊？」

「我的標準比較低，只要對方彈吉他的能力到達我的水準、唱歌跟我一樣好聽，我就讓他過關。」最近迷上彈吉他的阿凱認眞思索著，「俗話說，學音樂的孩子不會變壞嘛！」

我深深嘆了口氣，「完蛋了，這樣我以後還交得到男朋友嗎？」

老闆放聲大笑，「妹妹，以後追妳的男生可有得受嘍！」

阿凱升上國三的那年暑假，他的奶奶去世了。

我們家幫阿凱一起處理後事，阿凱也堅持不搬離奶奶留給他的那棟房子。奶奶過世的保險費，再加上她另外幫阿凱存的一筆錢，足夠支撐到阿凱上大學。

阿凱從那天起，天天來我家吃飯，仍然天天往存錢筒投五十元，媽打趣地說自己已經成爲了阿凱的「長期飯票」。

我跟哥都很擔心阿凱，卻又找不到合適的話語安慰他，他似乎猜中了我們的心思，總是掛著笑容讓我們不用擔心。

處理完奶奶的後事，阿凱的心情比較平復之後，我跟哥一起到阿凱家，幫忙他整理奶奶的遺物。

阿凱在整理的過程中，不時望著遺物發愣，我跟哥一直靜靜地陪在他的身邊。

將房子打掃完，我們整理出兩大袋垃圾，還有一袋奶奶的衣物。

大門關上的時候，阿凱站在門前望著那棟房子好長一段時間。

「突然，就變成我一個人了呢。」阿凱喃喃自語。

我跟哥互看了一眼，上前站在阿凱的兩旁，各自牽起他的手。

「你才不是一個人，你還有我們啊！」

奶奶過世後，一滴眼淚也沒掉過的阿凱，在此時嚎啕大哭，緊握著我們的手始終沒有鬆開。

升上國中以後，我也就讀了和哥跟阿凱相同的學校，上下學時間一致的我們，更常膩在一起了。

那陣子的阿凱花了大把心思勤練吉他，希望上高中以後有機會當吉他家教賺零用錢，而哥就成了阿凱練習教學的對象，也爲此買了一把吉他。

然而哥沒有什麼音感，老是無法完整練完一首歌。

「你最大的問題不是彈吉他，而是你的拍子。」

「馬的，我不學了。」哥冷著一張臉，將吉他丟到一旁。

「小依，妳要不要學吉他？」阿凱把目標轉到我身上。

哥瞥了我一眼，「算了吧，笨蛋都只有三分鐘熱度，今天學完，她可能明天就忘光光了。」

「屁咧！我才不是笨蛋！」我不甘心地大聲反駁，「我認眞起來，連我自己都會怕呢！」

哥跟阿凱放聲大笑，說要看看我會怕到什麼程度。

後來，我們將阿凱家的其中一間空房打造成屬於我們三人的祕密基地，還做了一塊木板寫上我們三個人的名字掛在門板上。

在祕密基地裡，當我在跟阿凱學吉他的時候，哥會在一旁揮灑他的水彩。

阿凱教會我基本的單音跟和弦後，要我從吉他樂譜裡挑一首流行歌。

我思索過後，選了周杰倫的〈晴天〉當作我的第一首練習曲。

哥那陣子報名了水彩繪畫的假日班，所以有時假日便成了我跟阿凱的獨處時光。

「哥不在感覺好安靜喔。」

「眞的，他每次都吵我們，明明唱歌很難聽，還一直唱。」

「你也這樣覺得？哥眞的五音不全，自己都沒發現。」

我跟阿凱一起放聲大笑。

「小依，妳那個和弦一直彈錯。」

阿凱喬了我的手指好幾次，我卻還是像肢障一樣彈不好。

他索性放下手中的吉他，走到我身後，抓著我的手，親自示範正確的指法，「像這樣。」

阿凱放手後，我順利地彈奏完成，笑得合不攏嘴。

我轉頭正想向身後的阿凱炫耀，他近在咫尺的臉龐卻把我嚇了一跳，「你幹麼突然靠這麼近啊？」

「我剛才在教妳啊。」阿凱一臉無辜，走回他的位子上。

我尷尬地抿了抿唇，對自己的大驚小怪感到好笑。

之後只要彈到這個旋律，我的手還是不斷失常，搞得我越來越暴躁。

「怎麼辦？我是不是有病？爲什麼一直卡在這裡？」

阿凱再次起身站到我身後，「多練習就好，沒關係。」

低沉的嗓音忽地震盪至胸口。奇怪？阿凱的聲音本來就是這樣的嗎？

我還在發愣時，雙手便傳來一股溫熱，回過神才發現我的手正被他的掌心包覆。

阿凱的手本來就這麼大嗎？

「我再教妳彈一次。」

耳邊再次傳來阿凱的低語，鼻尖也捎來他身上淡淡的洗衣精香味。

「等等！」我大喊一聲，同時縮回手。

「怎麼了？」

「你、你先回位子坐好。」我緊握雙手，上頭似乎還殘留阿凱手心的餘溫，「你不要站在我後面，用指的就好。」

「喔。」阿凱坐回位子上抱起吉他，骨節分明的大手彷彿在弦上跳舞般，優雅又從容。

「小依，妳有在看指法嗎？」

「什麼？」我抬眼，撞上阿凱的目光。

「在發什麼呆？」阿凱彎起唇，酒窩深陷。

「沒、沒有啊。」我低下頭，胡亂地撥動著弦，卻一個音也聽不見。

奇怪……爲什麼我只聽見自己的心跳聲？

自從那天後，我的鼻尖老是縈繞著那抹淡淡的洗衣精香味，不知爲何心裡總是期待見到阿凱。見到他後，我的心跳得飛快、臉燙得像發燒一樣。

爲了停止這些奇怪的反應，我買了一瓶護手霜，只要隱約聞到那抹香味，我就拿出來擦。但即使這麼做了，我仍舊常常聞到他身上那股洗衣精香味。

我是不是瘋了？

這件事在我心裡困擾好久，然而我不敢跟哥說，直到那個下著雨的午後……

已經是國二生的我，儘管跟讀高一的哥和阿凱不同學校，哥依然會每天接送我。

放學鐘剛響，我想起哥早上說他今天要留校做海報、阿凱要在社團練吉他，我得自己搭公車回家。我站在穿堂，看著人流逐漸消失，大雨還是沒有停止的跡象。

一把傘忽然罩在我頭上，我抬眼，便看見阿凱的笑容。

「我覺得我不來接妳，妳哥應該沒心情做海報，所以今天就沒去社團了。我剛去便利商店，那裡只剩最後一把傘，就一起撐吧。」阿凱說完逕自地摟住我的肩，帶我走進雨裡。

我不自覺地僵直身子，右肩不時傳來他大手的溫熱，我的左肩抵著他的胸膛，鼻腔再度竄入阿凱身上那抹洗衣精的香味。

「阿凱，你什麼時候長這麼高了？」

「是妳太矮了好嗎？」

我仰望著低下頭的阿凱，他的眼彎成了新月，臉上的酒窩清晰可見。

撲通——撲通——

當我看著阿凱的笑顏，心跳頻率瞬間變得雜亂無章。

我才明白，那抹香味——是心動。

當我意識到自己對阿凱產生有別於「哥哥」與「朋友」的情愫之後，爲了怕被阿凱聽見我的心跳聲，我總是有意無意地躲著他。

但神經大條的他，仍像從前一樣摸我的頭、拉我的手，我總要費好大的勁才能讓狂亂的心跳恢復正常。

上次共撐一把傘，導致我現在變得患得患失，因此我在包包裡塞了一把折疊傘以免事件重演。

這天又下雨了，哥跟阿凱穿著高中制服，各撐一把傘站在國中的校門口，看起來格外顯眼。

我收了傘之後，快步走到公車站等候亭，他們也跟了過來。

等候亭的空間十分狹小，放學時間人又很多，阿凱的手臂貼著我的肩頭，我只好一直向後退到角落，直到阿凱喚了我的名字。

「小依，妳打算退去哪？車來了。」

阿凱拉起我的手，一起擠進公車。

隨後湧入的人潮驅散我們跟哥，我跟阿凱佇立在窗邊，我倚著窗，阿凱則移身到我的面前，拉著頭頂上的手扶桿，藉此擋掉朝我們推擠過來的人潮。

「這邊沒位子，不要再擠了。」阿凱向一旁的人群低聲喊道，語氣有些不悅。

我站在阿凱身前，臉幾乎靠上他的胸膛，他身上的洗衣精香味彷彿在誘惑著我。我努力地屏氣凝神，才能阻止自己想塞進他懷裡的瘋狂舉動。

這趟將近十五分鐘的車程，像是待在真空室裡差點讓我窒息。

到站時，我握著傘柄蓄勢待發，等人潮漸漸疏散後，便快步衝到車門撐起了傘。

「借我撐，我懶得拿。」阿凱高大的身軀擠入我的傘下，大手極其自然地搭著我的肩。

「你、你去跟哥撐啦！」趁阿凱舉起手想拿走傘柄的時候，我搶先將傘柄拉入懷裡，拉開與他之間的距離。

阿凱似乎沒預料到我的反應，愣愣地站在原地。

「何延凱，你被蘇芷依嫌棄了！」在後頭看好戲的哥放聲大笑，順勢將手中的傘移到阿凱的頭頂上。

「蘇芷依妳怎麼可以這樣對我？枉費我剛剛幫妳擋了一群大屁股耶！」

阿凱在我身後喊道，搭配著哥的嘲笑聲，我頭也不回地往前走，深怕他們發現我早已泛紅的耳根。

升上國三的我，爲了準備升學考，常常跟哥還有阿凱一起讀書。

當哥離席的時候，我跟阿凱總會陷入沉默，我假裝低頭讀課本，全身的細胞卻都在偷偷地關注著阿凱。

「妳是不是討厭我？」

我抬頭，望見阿凱眼裡的認眞。

「我、我沒有啊。」我壓抑著內心的燥熱。

「但妳最近對我有點冷淡，讓我很難過。」

「不是這樣的，我只是看到你會有點緊張……」

我一時著急就說出實話，懊悔的心情瞬間席捲而來，腦中閃過無數阿凱可能會有的追問，害怕自己無從招架……

「嗯。」

阿凱的回應出乎意料地簡單，讓我不知該作何反應，而他卻像是看透了原因，嘴角一直掛著淡淡的微笑。

從那天之後，阿凱開始和我保持著適當的距離，他不再對我突如其來地牽手或碰觸，也不再像從前那樣對我開玩笑。

後來的讀書會，阿凱偶爾會坐到我對面，我總是低著頭，透過瀏海的縫隙偷看他，然後阿凱彷彿有預知能力般，故意與我相望。

有時候阿凱會坐在我旁邊，突然越過我的手臂，拿走我桌上的文具，在我屏息的瞬間，他會故意等我跟他四目相接，對我淺淺一笑。

哥那陣子忙於繪畫比賽，只剩下我跟阿凱的讀書會，似乎也讓曖昧昇華到最高點。

回家的路上，我們並肩走著，夜晚的涼風將阿凱身上那股熟悉的洗衣精香味徐徐吹來，我忍著想大口吸氣的變態舉動。

「你知道你身上都有一股洗衣精的味道嗎？」

「有嗎？」阿凱舉起手臂，聞著自己的衣服，「怎麼了？不好聞嗎？」

「很香。」我將脖子縮進衣領，試圖掩蓋耳根的燥熱。

「眞的？那我一輩子都不換了。」阿凱輕笑一聲，我的手心同時傳來一抹熱度，就像一股電流倏地直竄我的心，在我的內心瞬間爆炸。

阿凱的手與我的緊緊相握，直到送我到家前都不曾放開。

同一年，哥跟阿凱將近九年的友誼，第一次起了爭執。

吵架的原因我不得而知，好在他們的冷戰沒有持續太久，在阿凱對哥的死纏爛打之下，終於重修舊好。

只不過我們之間卻產生了變化，哥突然宣布要去報考補習班，退出了三人行。

高一那年的運動會，阿凱跟我告白了。

和阿凱成為情侶之後，哥總是拒絕與我們同行，直嚷著不想當電燈泡，雖然我跟阿凱都表示不在意，但久而久之，我們似乎也就習慣了兩人世界。

「我現在打給妳，妳先不要接。」阿凱將我圈在懷裡，把我的紅色手機擱在一旁，再拿出他的手機打給我。

「幹麼？」我疑惑地看著他一連串的動作。

RE SO SO SI DO SI LA
SO LA SI SI SI SI LA SI LA SO
吹著前奏望著天空　我想起花瓣試著掉落
爲妳翹課的那一天　花落的那一天　教室的那一間　我怎麼看不見
消失的下雨天　我好想再淋一遍　沒想到失去的勇氣我還留著
好想再問一遍　妳會等待還是離開

熟悉的嗓音伴隨著吉他旋律唱著〈晴天〉，我拿起手機，來電的聯絡人名稱被改成了「我的凱」。

「原來你上次跟我借手機是爲了錄這個？」

「我事先錄好才傳到妳手機裡的。怎樣？唱得不錯吧？」阿凱的神情盡是得意。

「勉強。」我將他的手機拿來，看見了聯絡人名稱寫著「我的依」，又撥打了好幾次我的號碼，阿凱的歌聲不斷從我的手機傳出來。

「別打了，聽那麼多次，突然覺得有點羞恥。」

「你也知道？」我得逞地笑了。

阿凱也笑著看我。

「你笑什麼？」

「沒事，只是覺得妳也能喜歡我，眞好。」

「那你說說，是從什麼時候開始喜歡我的？」

「嗯……從妳身上開始有一股味道的時候。」

「什麼味道？不是奇怪的味道吧？」我緊張兮兮地聞著自己。

「不是啦！是香香的味道。妳國中的時候，很常擦的那瓶護手霜，我只要聞到那個味道就會想起妳。」

「你一定不知道我爲什麼擦護手霜。」

「爲什麼？」

「爲了蓋過你身上洗衣精的味道。」

「看來我們眞是天生一對，不然怎麼都像個變態？」

「你才變態！」

阿凱眼裡宛如滿溢著星光，逐漸向我靠近，一股濕潤的觸感自唇瓣蔓延開來。

十六歲的初吻甜得像是含了顆糖在嘴裡。

發現哥的祕密以後，我跟阿凱徹底失聯。

我將自己關在家裡，刪除了所有的社群軟體，也換了手機號碼。

阿凱就像個不曾在我生命裡出現的陌生人。

遠離阿凱之後，我失控的精神狀況逐漸平復，但我不敢告訴任何人，在每個深夜，我總會想起阿凱，甚至心悸到喘不過氣來。

我無法阻止對他的思念。

十八歲那年生日，天還未全亮，我就清醒過來，等待太陽升起。

此時，門外忽然傳來了窸窣聲，我一驚，望著門口呆愣許久。直到一股直覺閃過，我趕緊下床開門，外頭卻一個人影都沒有。

只見一個紙袋掛在門把上，裡頭放著一隻深棕色的泰迪熊，脖子上掛著吊牌，吊牌上寫著「HAPPY BIRTHDAY」，沒有任何署名。

寂靜的清晨突然響起一陣喀啦、喀啦的腳踏車鏈條聲響，我毫不猶豫地抓著泰迪熊衝出家門，氣喘吁吁地跑到大街上，遠方一道騎著腳踏車的人影消失在轉角。

我張開嘴，想放聲大喊，可喉嚨乾澀到發不出任何聲音，只嚐到了一嘴的鹹。

我緊抱著泰迪熊，胸口的脹痛又讓我差點窒息。

該怎麼辦才好？我好想他……好想念阿凱……

在經過無數的惡夢、無數次的心悸後，在填寫大學志願卡的那天，我下定決心，顫抖著雙手，填上了阿凱就讀的那所大學。

只要……偷偷看一眼就好，我什麼都不奢求……

「小依！」

新生選社團那天，我日夜思念的嗓音終於在耳邊響起，我緊揪著心，這個在我腦海裡幻想過千萬遍的相逢場景，卻出現了我從未預料到的變數——阿凱牽著另一位女孩的手，出現在我眼前。

我已經許久未發作的心悸症狀，在那一刻又猖狂地作亂。

我躲在偏遠的角落，獨自平復著失速的心跳，心底開始後悔這個決定。

許久沒再碰過吉他，也不敢再聽那首歌的我，意外聽到老斌的自彈自唱。

颱風這天　我試過握著妳手　但偏偏　雨漸漸　大到我看妳不見
還要多久　我才能在妳身邊　等到放晴的那天　也許我會比較好一點
從前從前　有個人愛妳很久　但偏偏　風漸漸　把距離吹得好遠

好不容易　又能再多愛一天　但故事的最後 妳好像還是說了　拜拜

眼前的場景與記憶重疊，從前也有個人，對我唱這首歌……

第七章　雨聲的呢喃

將阿凱藏匿在內心深處的祕密被拆穿以後，佳佳她們很識相地沒有問我和阿凱的過去，也不再探究我跟老斌分手的原因。

瑾荷學姊對我動手的事，因爲小芸這個稱職的傳聲筒，已經被林晉民學長知道了。阿凱在這期間聯繫了我無數次，卻全被我無情忽略，我請小芸帶話，要他這陣子不要來找我，我還不知道該怎麼面對他。

而自從上次跟老斌說開了以後，我們再也沒有聯繫過，我連吉他社都不敢踏進半步。

也許……老斌對我很失望吧？

就這麼恢復了單身，讓我心裡頭空蕩蕩的，好像什麼也沒有留下。

佳佳幾乎每天都陪著我，時間頻繁到她男友李小伍都跑來宿舍跟我要人。

青兒有事沒事就跑來我們宿舍追韓劇，介紹了一堆她心目中的男神給我挑選。

小芸也是只要有空就會來我們宿舍，教我練瑜珈，放鬆心情。

怡雯有時會自己過來，安靜地在一旁看漫畫，偶爾發出詭異的笑聲，然後正經八百地向我介紹她喜歡的作品。

有她們的陪伴，我沒有讓自己消沉太久，盡量讓自己看起來無恙。但失眠再度找上了我，我不敢告訴佳佳。爲了不讓她擔心，我總是假裝已經沉沉入睡，然後又在凌晨時分睜大雙眼直到天明。

我不想再依賴藥物，所以想盡辦法讓自己的夜晚變得繁忙，我開始夜跑，試著讓身體疲倦，也許這樣會比較容易入睡。

晚上十點過後的操場人煙比較稀少，我會在一旁做完暖身操以後，用快走的方式繞完一圈又一圈，等身體暖起來了再開始慢跑。

好幾次我跑著跑著想起了哥、阿凱、老斌、瑾荷學姊他們的事，讓我胸悶到差點喘不過氣。不過我每次都會努力逼迫自己好好面對、好好呼吸，然後躲到沒人的角落，放聲痛哭。

經過幾個禮拜的宣洩，我心中的重擔似乎輕了一些。

今天傍晚我獨自在操場上慢跑，不自覺地想起了從前哥跟我約定一起晨跑的事，來不及兌現的承諾，令我緩下腳步，眼眶又是一陣溫熱。

「啊！」頰上突如其來的冰涼讓我放聲尖叫。

「愛哭鬼，要喝嗎？」

我轉頭，身爲罪魁禍首的老斌悠哉地坐到一旁的長椅上，將手中的巧克力牛奶遞給我。

「你怎麼在這裡？」我胡亂地抹去眼角的淚水，跟著老斌一起坐了下來，內心難掩欣喜。

「我聽學弟說，每天晚上都有一個失魂落魄的女鬼在這裡邊跑邊哭，所以來朝聖一下。」老斌邊說邊用吸管插進手中那杯珍珠奶茶。

「你給我喝巧克力牛奶，自己卻喝珍珠奶茶？」

「怎麼？要喝嗎？」老斌嘴裡嚼著珍珠，將飲料遞到我面前。

看他泰然自若的模樣，完全不像剛失戀的人，我有些堵氣地撇開了頭，「不要！我才不喝前男友給的珍珠奶茶。」

「喔？那妳就能喝前前男友買的木瓜牛奶？」

「喂！」我狠狠地瞪著他。

老斌得逞般地笑了聲，「好啦，不鬧妳了，我只是想來看看妳過得怎麼樣。」

「如你所見，就是個在夜晚亂跑的瘋婆子。」我冷聲道。

老斌嘆了口氣，「小依，答案就在妳心裡，妳還要逃避到什麼時候？」

「你懂什麼？反正你根本不在乎我的想法。」

「小依，我下了這麼大的決心都是爲了誰？妳認爲我看過妳哥的日記後，還能安然無恙地繼續跟妳在一起嗎？」

「看過又如何？那都已經是過去的事了，就算我跟阿凱曾經交往過又怎樣？現在的我因爲你而感到幸福，但你卻親手斷送了我們的幸福！你就這麼不相信我的心嗎？」

老斌閉上雙眼，緩了好一陣子才開口，「小依，那本日記的內容沉重到我好幾天都失眠。我沒有辦法想像，才剛失去哥哥的妳發現了那本日記後，會是什麼樣的心情，我每天都在想這個問題⋯⋯然後當我想起剛認識妳的那段時間，妳沒辦法在雨天被載、沒辦法跟阿凱一起去看妳哥、沒辦法再用從前的心意面對阿凱……我覺得心好痛，因爲我很愛妳，所以我眞的不想再看見妳繼續折磨自己，妳懂嗎？」

我摀住耳朵，「我不懂！不懂！永遠都不想懂！你不是說你愛我嗎？爲什麼愛我還要放開我？」

「我爲什麼會在妳房間發現那本日記，妳一定想不到吧？在妳睡著的時候，我又去看了那幅畫，發現它歪了一邊，我想將它扶正，那本日記就從背後的凹槽掉出……一切都是那麼剛好，彷彿是妳哥給的指引，我必須把這一切導正。」

我拚命搖頭，緊抓著老斌，「不是的！不是這樣……我必須遠離阿凱，才能把這一切都導正！是我讓哥那麼痛苦的……只要我不喜歡阿凱，哥的傷痛就會消失！」

老斌牽起我的手，溫柔地摸了摸我的頭，「小依，妳哥在日記裡說過吧？他在這世界上最珍視的寶物，就是他最親愛的妹妹，而他最深藏的祕密，就是那個男孩的笑容……」

「不要說……我不想聽……」

「妹妹守護了那個男孩的笑容，那個男孩則呵護著自己最親愛的妹妹……他說你們是最美麗的安排，不是嗎？」

我不能愛那個男孩。

因爲哥一直比我還要深愛他……

「喂，蘇芷依，妳打算什麼時候跟阿凱說？」

「喂，蘇芷依，妳再不說，我就要自己去跟阿凱說了！妳聽到沒有？」

「喂，蘇芷依，妳頭殼是裝水泥嗎？爲什麼老是講不聽？」

自從被老斌狠狠扒開瘡疤後，他幾乎每天都在追問我的進度，而且脾氣還越來越暴躁。

「拜託你……再給我一點時間好嗎？」我也被他搞得心煩意亂。

「難道妳要等到失去才後悔嗎？告訴妳，時間是不等人的，到時候若阿凱變心，又出現第二個吳瑾荷學姊，妳就自己慢慢哭吧！」

「那……我可以再去找我的前男友嗎？」

老斌狠狠瞪了我一眼，「妳前男友是好馬，才不吃回頭草，尤其這株草還笨得像隻豬一樣。」

「哼，你才笨。」我冷哼一聲。

「一定是執念……妳哥在那本日記裡面加了執念！只要你們兩個笨蛋沒有如願在一起，我就一天沒辦法睡得好！」

都說睡不好的人特別容易暴怒，原來是眞的。

我跟老斌經常見面的事，傳到了青兒她們的耳裡，她們立刻聚集在宿舍，對我嚴刑拷問。

「所以你們到底是怎樣啊？難不成你們偷偷復合了？」最八卦的青兒劈頭就問。

「我們沒有復合啦，就只是變回朋友關係。」

「通常男女朋友分手還能變成朋友，有兩種可能。」青兒舉起手指頭晃動著，「一種就是沒有愛了，感情昇華為家人，但妳跟老斌交往不到半年，況且，老斌看妳的眼神也不像完全沒有感情的樣子……所以只可能是第二種。」

「什麼？」小芸被挑起了好奇心問道。

青兒興致勃勃地捲起了袖子，「那就是——老斌是GAY啊！也許是在跟小依交往的過程中，發現自己喜歡的是男生，所以對小依感到很抱歉，繼續關心著小依、繼續當她的朋友。」

「什麼？老斌是GAY？」小芸驚呼，不可置信地望著我。

「嘻嘻。」怡雯的雙眼發亮，又發出了意義不明的竊笑聲。

「妳說夠了沒？」我冷冷瞪著青兒，「我真的強烈建議妳去寫小說，我一定買爆！」

「不，我不想寫小說。」青兒甩了甩她的大波浪長髮，「我比較想當演員。」

我將她們三個趕出了房間，終於換得耳根子的清淨。

「小依，妳跟老斌到底發生什麼事了？」剛剛坐在一旁都沒有出聲的佳佳忽然開口。

「發生了一些很複雜的事。」

「是連我都不能說的事嗎？」

我抬頭與佳佳相望，她的眼裡盡是期盼，渴望我能像平常一樣對她敞開心房。

「對不起，我還不知道該怎麼跟妳說……」

佳佳難掩失落的神情，又向我問道：「那我就問幾個問題。妳跟老斌分手的原因，是因爲他發現妳曾經跟阿凱學長交往過嗎？」

「不完全是。」

「阿凱學長會跟吳瑾荷學姊分手是因爲妳嗎？」

「這我不知道。」

「妳對阿凱學長還有感情嗎？」

我陷入沉默。

「妳那隻『阿几』是阿凱學長送的嗎？名字指的就是『凱』對吧？」

我低下頭，迴避佳佳的視線。

「我知道了。」遲遲等不到我回覆的佳佳終於放棄，頭也不回地離開了宿舍。

過了好幾天，佳佳就像是賭氣般，都不主動跟我搭話。我明白對女生的友誼來說，向對方藏著自己的祕密，是一種近乎背叛的行爲。

可是這眞的好難……我連跟阿凱分開的理由都不知道該怎麼啓齒。

與佳佳冷戰的第五天，也是我獨自住在宿舍的第五天，有種全世界只剩下我一人的錯覺，每天都感到無力。

「老斌說妳一直都愛著我，那是什麼意思？」

在買晚餐的路上，身後突然冒出阿凱的聲音，伴隨著一股拉力將我整個人向後扯。

「你先放手。」

「我不放。」阿凱的聲音沉了幾分，握住我的那隻大手也加重了力道，「之前放開妳的手，我一直都很後悔，老斌叫我這次一定要牢牢抓住妳，不要再讓妳跑掉了。」

「阿凱，你先放手。」我在心裡咒罵著老斌，試著甩開阿凱的手。

「我不會怪妳當初離開我，我只想知道，我到底哪裡做得不好？為什麼連阿凡都討厭我？只要告訴我哪裡做得不好，我一定會改……」

我頓了頓，蹙起眉，「你在說什麼？哥怎麼可能討厭你？」

「之前我跟妳哥吵架的那次，妳不是一直問我們為什麼吵架嗎？當時的他說就算全世界的男人都死光了，他也絕對不會把妳讓給我。」

阿凱眼眸裡的星光倏地黯淡，「我到底哪裡不好，妳可不可以告訴我……」

嘩啦——嘩啦——

記憶中的雨聲又在耳畔響起，周遭的空氣像是被狠狠地抽離，我呼吸不到任何的氧氣，只能任憑雨點打在身上。

「放手。」我費勁地從嘴裡吐出這兩個字。

阿凱下意識地握緊我的手，過了好一會才緩緩放開。

我忍著胸口的脹痛，轉身就想逃離這場又將我淋了一身濕的雨。

「小依！」

叭——

直射而來的強光刺得我轉過頭，同時我看見了一道站在雨中的身影——是哥。

從我有記憶以來，我就是追在哥身後的跟屁蟲，哥做什麼，我就跟著做什麼。

哥雖然討厭我的黏人，但也不會拒絕我的跟隨。

我上了小學之後，跟哥讀同一間學校，班級位在一樓的我，常常跑去三樓找三年級的哥，但哥總是對我愛理不理。

放學的時候，因爲從小到大的習慣，哥都會牽著我的手一起去安親班。

由於同學的嘲笑，哥後來也不太牽我的手了，看到認識的人，就會把我的手狠狠甩開。幾次以後，我也學乖了，不再主動去拉哥的手。

「妹妹保母」是哥的朋友們給他的綽號，也因爲這樣，更加深了哥對我的厭惡。

有時候，哥的朋友會拿石頭丟我，哥會皺著眉叫他們不准這樣做，卻不曾問我會不會痛。

哥的縱容讓他的朋友們更加放肆，有時候還會伸手推我。

印象中最嚴重的一次甚至害我跌了一跤，當時我的手掌著地被石頭劃了一道長長的傷口，縫了好幾針，留下了疤痕，哥因此被爸媽罰跪了一整個晚上。

哥那時常常告訴我，要不是媽答應買玩具給他，他根本就不想理我，所以每當我看見哥離去的背影，都會躲在棉被裡偷哭。

某天，我又跟著哥一起到公園找他的朋友，他們看見我後又是一陣嫌棄。

哥將我丟在一旁的長椅上，命令我幫他保管機器人，轉身就跑到另一頭離我很遠的地方玩。

我從遠處看著他們，好想念從前哥陪我的日子。

突然一隻黃金獵犬靠了過來，是附近的王阿姨飼養的狗，牠叫嘟嘟。

嘟嘟趁我不注意時，叼走了放在我身旁的機器人。

「嘟嘟不可以！那是哥哥的！」我從長椅上跳下來，不小心弄掉了一隻鞋。

我跟在嘟嘟後面，好不容易從牠嘴裡搶回機器人後，卻發現原本的公園已經不見蹤影。

「怎麼辦？如果我不見了，哥一定會被媽罵……」我著急地環顧四周，可都沒有看見熟悉的人影。

我拉著嘟嘟的項圈，到路旁的小吃攤詢問能否借我打電話到家裡，老闆娘見我們一人一狗，沒有大人陪同，便將我們送到了警察局。

我跟嘟嘟待在警察局裡等人領回，警察阿姨幫我們撥了通電話回家。

「媽媽，拜託妳不要罵哥哥，是我自己跟著嘟嘟越走越的。」我對著話筒哀求，又惹來媽的一陣罵。

嘩啦——嘩啦——

昏暗的外頭過沒多久便下起了大雨。

良久，媽跟哥撐著傘趕了過來，哥衝到我面前，一雙紅腫的眼像是剛哭過，全身都被雨淋濕，腳上的球鞋還沾了一圈泥濘。

「大笨蛋！不是叫妳待在那裡等我嗎？」哥對我大聲喊道。

「我……因爲嘟嘟把你的機器人搶走了，所以……我才跟了過去……」我將懷裡的機器人遞給哥，難過地低下頭。

警察阿姨看哥哭得厲害，便拿了兩顆糖果送我們。

「哥哥喜歡綠色的。」我將綠色那顆塞進哥的手裡。

哥看著手中的糖果，愣了愣，「笨蛋……我才不喜歡綠色！」說完這句話後，他又哭了。

那天回家，即使媽開車載我們，哥仍舊緊緊握著我的手，一直都沒有放開。

從那次之後，每天上下學哥又開始牽著我的手，直到將我送進教室。

哥不再推開我了，還把所有曾經欺負過我的人都打了一頓。

後來的某一天，哥帶著一位高了他半顆頭的男孩來我們家，問我要不要跟他們一起去公園玩。

我想起了之前在公園的遭遇，不禁搖了搖頭。

「哥今天不用當保母，我在家看電視就好了。」

「不行啦，留妳一個人在家，媽知道了會罵我。」

「可是……我怕你們討厭我……」我低下頭，越說越小聲。

「我不討厭妳啊！」男孩摸了摸我的頭，「妳叫小依對吧？我叫阿凱，我們可以一起玩溜滑梯。」

我抬頭望向他，「眞的嗎？你不會跟阿智哥哥一樣對我丟石頭？」

「才不會！誰敢丟小依石頭，我就打爆他！」男孩朝空中猛力揮拳，把哥逗得哈哈大笑。

看到哥露出許久未見的笑容，讓我也跟著笑了。

國小三年級時，班上的小霸王總是占據全班的目光，大家的反應越熱烈，小霸王的行徑就越來越放肆。

那時經常綁雙馬尾的我，也成了他欺負的對象。

「你再這樣，我要跟老師告狀！」

「去啊！去啊！」小霸王手中轉著我的髮飾，漫不在乎地對我扮了鬼臉。

我衝上前想搶回我的髮飾，小霸王卻將它丟到走廊的另一端，讓我氣得直跳腳。

放學的時候，哥跟阿凱照慣例來我們班接我。

「妳的頭髮怎麼了？」哥見我一高一低的雙馬尾，皺起眉頭。

我嘴一抿，委屈地哭出聲來。

不知死活的小霸王又衝了過來，一把掀起我的裙子，「蘇芷依愛哭鬼！愛哭鬼！」

「喂，你——」

阿凱制止的聲音才剛出口，哥就已經上前揪住小霸王的衣領。

「你剛做了什麼？」哥陰沉著臉，冷聲道。

「哥，他都欺負我！」我掛著淚水躲在哥的身後，終於一吐怨氣。

「爲什麼欺負我妹？你找死？」哥緊揪著小霸王的衣領加重力道。

「阿凡，你冷靜點！他才三年級耶！幹麼跟這種小屁孩一般見識？」阿凱著急地在一旁緩頰，安撫著快抓狂的哥。

「喂，你爲什麼欺負她？」阿凱指著小霸王，聲音雖然沒有哥那麼冷血，但臉色也不太好看。

小霸王被兩個高了他一顆頭的人包圍，嚇得哭出來，「我、我只是……喜歡她……」

「我才不喜歡你！」我抓著哥的衣襬，生氣地說道。

阿凱笑出聲，哥則冷哼一聲。

「小弟弟，喜歡女生不是用這種捉弄的方式，而是要用心認眞對待，知道嗎？」阿凱仍然止不住笑意。

「跟他廢話那麼多幹麼？不准喜歡我妹，聽到沒？」哥將小霸王甩在地上，瞪了他一眼，接著牽著我的手離開，我回頭得意地送給小霸王一個鬼臉。

「哥最帥了！我長大後要跟哥結婚！」我在哥的身旁開心呼喊，儘管哥沒有回應，他的嘴角卻上揚著。

「小依，妳不能跟妳哥結婚啦！」

「爲什麼？我想跟哥永遠在一起！」

「何延凱，你廢話怎麼這麼多啊？」哥瞪了阿凱一眼。

「哇……蘇維凡，你眞的是典型的妹控啊、妹控！」

「妹你媽的控。」

有了哥跟阿凱當保鑣，小霸王也學乖了不敢再造次，有時候還會偷偷塞糖果在我的抽屜，但全都被我扔進了垃圾桶。

升上小學五年級，我跟班草寫交換日記，情竇初開的年紀，讓我一下子就栽入了愛情的世界，跟他在日記裡互相表白愛意。

哥看見我跟班草的日記內容，整張臉綠得跟「挫青屎」一樣。

「妳是說那個高高的鳥窩頭？」哥冷著臉，跟我還有阿凱躲在角落，看著班草從旁邊經過。

「什麼鳥窩頭？人家是很帥的飛機頭！」我嘟起嘴反駁哥。

「妳眞的喜歡他？爲什麼？」

「他很帥啊！」

「比我帥？」

「嗯！比哥帥！」

哥冷下臉，調頭就走。

「完蛋了，妳哥生氣了。」阿凱幸災樂禍地笑了。

後來才發現原來那個班草同時跟三個女生寫交換日記，而且內容幾乎一模一樣，我馬上跑去跟哥哭訴，哥氣得差點又要親自教訓他，咒罵著要我把眼睛擦乾淨一點。

「我就說了男人都不是好東西嘛！以後找男人就要找我這種——不對，不能找我這種……妳至少也得找像阿凱這種笨蛋類型的，又乖又聽妳的話。」

「不要，我不想跟笨蛋在一起。」我擤著鼻涕，抽抽噎噎地說。

「喂！你們兄妹倆把我當塑膠嗎？」阿凱瞪著我們。

我跟哥互看一眼，突然就笑了。

阿凱受到感染，也跟著我們一起大笑。

我升上國一後，讀國三的哥跟阿凱，每到放學時間就會站在我的教室外面等我，每次同學們看到，都會笑著對我說：「妳哥來嘍！」

我尷尬到想挖個地洞把自己埋起來，他們這樣的過度保護顯得我彷彿是個沒有自主能力的小朋友。

「你們在校門口等我就好了啊！」我沒好氣地對他們說。

「我們從樓上走下來剛好就是妳的教室啊。」哥理所當然地回應。

「我想跟同學一起走啊！」

「那妳走妳的，我們跟在後面。」

「大家都說哥看起來很凶，不敢跟我走在一起啦！」

「我看起來很凶？」哥疑惑地望向阿凱，「我有嗎？」

「我剛開始認識你的時候也這樣覺得，但認識以後就覺得你是智障啊！」

「幹，你才智障。」

我望著互相嘴砲的兩人，只能自己生著悶氣。

某天，同學們相約放學一起去逛街，我還沒來得及回答，哥就已經在教室門口叫了我的名字。

「我跟阿凱一起去啊。」哥聽我說完後，下了結論。

「不要！這樣很奇怪，我們女生的東西你們又不懂。」我開始鬧彆扭。

「不然我們可以跟在後面，妳不要理我們。」阿凱跳出來打圓場。

「不要！這樣更奇怪！」

結果，我的那次約會又泡湯了。

後來幾天我都不太理哥，不懂哥爲什麼要像牛皮糖一樣黏在我的身邊，害我失去了自己該有的生活圈。

哥對此感到無辜，時常在我身邊打轉，還說要陪我逛街，不過被我拒絕了。

「所以你明天不用來接我。」跟班上同學約好放學要去逛街後，我直接告訴哥結果。

「我不能跟在後面嗎？」

「不可以！絕對不行！」

隔天最後一堂剛好是體育課，爲了不讓哥有機可乘跟在我們後面，我跟同學們在打鐘的前三分鐘就溜到了校門口，等鐘聲一響便衝出學校。

從小幾乎都是跟哥還有阿凱一起玩的我，第一次沒有了哥的束縛，我像脫韁的野馬，玩到完全忘了時間。

嘩啦——嘩啦——

傍晚下起了大雨，我和朋友到附近的冰店吃冰順便躲雨，打算等雨停後就各自回家。

「那個……小依，站在妳後面的人是不是妳哥啊？」

我循著朋友們指的方向轉頭，看見淋了一身濕的哥跟阿凱，沉著臉站在我的身後。

我站起身，感到有些驚嚇，「哥？你來這裡幹麼？」

「我找妳找得這麼辛苦，結果妳在這邊吃冰吃得這麼開心？」

「我不是說了不用接我嗎？時間到了我就會回去，我已經不是小孩子了！」

因爲同儕的眼神，我忍不住大聲斥責，哥的眼神瞬間閃過一絲驚慌，下一刻便失去了溫度。

「隨便妳。」哥的聲音比平常還要冷了幾度，丟下這句話後，他頭也不回地離開。

我錯愕地站在原地，原本以爲我這樣頂嘴又會換來哥一陣碎念，但這次卻是他第一次如此冷漠地對待我。

朋友們都離開後，只剩下阿凱還陪著我，我不想回去面對哥，只能悶悶不樂地留在冰店。

「小依，我覺得……妳不該那樣跟妳哥說話。」

「不然我要怎麼說？哥一直把我當三歲小孩，我會被朋友看笑話！」

「我知道妳哥的確有點太神經質，可是……他沒辦法控制，畢竟他曾經失去過妳，而且還是因爲他的疏忽，所以他一直都很自責。」

我咬著牙，倔強地不肯抬頭。

「妳哥連妳去了哪裡都不知道，他起初還故作淡定地回家，然而時間越來越晚，妳一直沒有消息，突然又下雨，妳哥剛騎車的時候手都在抖……妳也知道，妳小時候走失的那天也下著大雨。」

我低著頭，眼淚不受控制地掉落。

阿凱摸著我的頭，牽起我的手，「回家吧，妳哥還在等妳。」

到了家門口，我躊躇了好久才踏進門，剛洗完澡的哥正好下樓發現了我，他冷冷地看了我一眼後，從我的身旁繞過。

我的心一沉，眼淚又開始滑落，衝到哥面前抱住了他。

「哥……對不起，是我錯了……」

哥原本緊繃的身子似乎軟了下來，「知道就好。」

「那你不生氣了？」我仰頭看向哥，臉上還掛著兩行淚痕。

「妳哭得這麼醜，要氣也氣不起來。」哥拿起衛生紙替我擦乾了眼淚和鼻涕。

「哼，你才醜。」

那次之後，哥用他自己存的壓歲錢買了一支紅色的手機，送給我當生日禮物。

「以後去哪裡都要跟我說。」

「哥也是。」

「我才不用。」

「爲什麼？不公平。」

「因爲我是妳哥。」

後來，連你去了那麼遠的地方，都沒有跟我說。

第八章　大雨將至

「小依，妳哥有沒有女朋友啊？」國一時，同班的女同學甲問我。

「我哥？沒有啊，他對談戀愛沒興趣。」我聳了聳肩。

女同學乙痴痴地笑著，「不是沒興趣，是還沒遇到喜歡的人吧？妳哥看起來很高冷，像隻貓一樣，需要花時間才能征服。」

「高冷？征服？」我滿臉問號。

「貓只要認定主人，就會變得很溫馴，也只有主人可以在牠的地盤撒野。」

「啊！妳哥旁邊那個叫什麼凱的學長，他就很像一隻狗。」女同學丙興奮地補充。

「啊？狗？」我被她們突如其來的形容搞得很錯愕。

「對啊，逢人就開心地笑，又好相處，感覺很溫暖。」

「溫暖？我只覺得他像笨蛋而已。」

「我比較喜歡貓，雖然很難親近，但是唯我一人的感覺很尊榮啊！」女同學乙一臉花痴。

「狗比較好吧？很忠誠，又只聽我的話。」女同學丙反駁。

我翻了個大白眼，「妳們到底在說什麼鬼？」

她們忽然很有默契地指向我，「啊！蘇芷依，妳就是他們的主人啊，把他們馴服得服服貼貼。」

經過那場對話，現在只要哥和阿凱跟在我身邊，都會導致我產生一種帶著一貓一狗散步的感覺。

「阿凱，手。」爲了測試，我向阿凱伸出一隻手。

「怎麼了？」阿凱乖乖地將手搭在我的手心上。

「哥，手。」我向哥伸出另一隻手。

「幹麼？」哥警覺地擰眉，手連動都沒動。

見他們兩個明顯的對比，我忍不住放聲大笑。

「我同學說你們一個像狗、一個像貓，我就像你們的主人，你們不覺得很好笑嗎？」

「妳才是我們的寵物吧？」哥揉著我的頭，嘴角掛著笑，居高臨下地看著我。

「好乖、好乖。」阿凱也俯下身，搔著我的下巴，我瞬間打掉他們的手。

「當貓不錯啊，愛乾淨又優雅。」哥雙手環胸思考，「像狗就很髒，隨地大小便。」

「誰隨地大小便啊？你才毛很多咧！到處都是你的毛！」阿凱不甘示弱地回嗆。

「狗就是很吵，隨便亂吠。」

「幹，你才吵——」

見他們兩人鬥嘴，我又笑了好一陣子。

後來，他們偶爾會開玩笑地叫我主人，我就會毫不留情地朝他們揮拳。

繼貓狗論之後，我們班的女同學又開始談論哥跟阿凱的長相。

「妳哥就是高冷王子啊！對人愛理不理的，現在女生很吃這套。」女同學甲首先評論。

「王子？妳到底爲什麼一直把我哥形容得那麼優雅啊？」我一臉困惑。

「是嗎？我覺得阿凱學長陽光又幽默，找男朋友就是要找這種的。」女同學丙反駁。

「幽默？拜託！他只不過是個智障在搞笑罷了。」我哈哈大笑。

「旁觀者清，當局者迷啊！妳眞是身在福中不知福。」她們對我搖了搖頭。

「妳們才是旁觀看不清眞相吧。」我又翻了個大白眼。

抱持著懷疑的態度，我去問了阿凱和哥，誰的女人緣比較好？

「目前爲止大概十封吧。」哥說聊這個沒意義，卻連收了幾封情書都記得清清楚楚。

「十封？哇靠，我才收了兩封耶！怎麼可能？」阿凱抱頭哀號。

「所以你們兩個都有收到情書？哇……這世界怎麼了？大家眼睛都瞎了嗎？」我瞪大眼吶喊。

「兩封？怎麼沒聽你說？」哥挑起眉看向阿凱。

「一封塞在我的抽屜，說覺得我很帥想認識我，但等我想起來要回信的時候，就已經不見了。然後另一封拿給我的人，我本來寫好回信要婉拒她，可是我忘記她長怎樣了。」

我跟哥無語地望著阿凱，替喜歡阿凱的人默默哀悼。

「那阿凡咧？這十封裡面都沒有你喜歡的？」阿凱勾著哥的脖子，並肩走著。

「沒興趣。」哥冷冷地回應。

「哇靠，我們阿凡眼光很高？」

「我可能沒眼光。」

「難道你喜歡小依這種蠢呆蠢呆的類型？」

哥嫌棄地瞥了我一眼，「這先不要。」

「喂！你們說誰蠢呆啊？當我塑膠做的？」我氣呼呼地大叫。

哥跟阿凱捧腹大笑，說我生氣的時候像隻河豚。

平時不苟言笑的哥，每當看見阿凱笑了，他也會揚起笑容。

在我國三那年，哥跟阿凱冷戰的那一陣子，歡笑減少，哥的表情也黯淡許多。

某天，哥在回家的路上撿到一隻因爲受傷倒在路邊的灰白色流浪貓。

哥悉心地照料牠，牠原本灰濛濛的毛色經過清理變成了柔白，哥替牠取名爲「白雪」。

阿凱接連幾天都來家裡對哥死纏爛打，哥因爲養了白雪，原本冷峻的表情也柔和了不少。

「阿凡，你眞的不要我了嗎？我這麼愛你耶……」阿凱整個人掛在哥的身上晃啊晃。

「你給我滾。」哥手中抱著白雪，拖著步伐走回房間，卻也沒見他眞的把阿凱甩開。

我在一旁看著他們的互動，覺得像極了一對鬧彆扭的情侶。

阿凱見哥沒反應，便使出大絕，直接跪在地上。

「阿凡，你看！這就是我腿被打斷的樣子。」阿凱指著自己跪在地上的膝蓋，「你眞的忍心把我的腿打斷嗎？以後我得這樣抬頭看你，你也得低頭看我，脖子很痠耶！」

面對阿凱的蠢樣哥還來不及做反應，白雪就從哥的手中跳下來，在阿凱的身邊磨蹭。

「你看，白雪都在幫我求情了。」阿凱可憐兮兮地看著哥。

哥被氣笑，兩人就這樣和好了。

我問哥，阿凱到底做了什麼事，讓他氣到想要把阿凱的腿打斷。

「他欠打。」哥冷冷地說，卻還是不跟我說原因。

短短不到半年的時間，白雪就因爲疾病過世了。

哥那陣子鬱鬱寡歡，甚至退出了我們三人行的讀書會，他報名了美術補習班，每天都在無止盡地畫圖，就連假日他也窩在房裡，不願跟我到阿凱家的祕密基地。

我跟阿凱因爲常常獨處，曖昧的氛圍越來越濃厚。

但其實我依舊很沒有自信，我不懂阿凱那夜突如其來的牽手是什麼意思，也不懂他對其他異性的笑鬧是怎麼回事？更不懂他常衝著我笑的原因。

最後，我決定去問哥。

「哥，阿凱有喜歡的人嗎？」

哥在畫板上揮灑顏料的動作突然停下，「不知道。」

「喔……哥，你上次說我大學才能交男友，如果提前到高中……」

「隨便妳。」哥見我扭扭捏捏的模樣，不等我講完便下了結論。

我掩不住欣喜，「真的嗎？你不會打斷他的腿吧？」

「嗯。」哥冷著臉，又繼續轉動著畫筆，「小依，妳可以出去嗎？」

「喔、好！抱歉吵到你。」我笑著走出哥的房間，將門輕輕關上。

當時我滿腦子都是可以提前交男朋友這件事，完全沒發現哥連正眼都不肯瞧我一眼。

哥似乎是從那時候開始變了，尤其對我的態度更加明顯。

雖然哥還是會陪我上下學，但我們的對話變少了，每當我想分享某些趣事的時候，看見哥望著遠方失神的模樣，到嘴的話便不自覺吞了回去。

只有阿凱在的時候，哥的表情才會和緩一些。

以前我很常去哥的房間看漫畫或打電動，可後來哥幾乎都把自己關在房裡，不讓別人進出。

偶爾他忘記關門的時候，我會從門縫裡看到他望著空白的畫板發呆，三小時後經過再看，圖紙還是白茫茫一片。

我很擔心哥，卻不知道該如何開口，心裡也明白就算問了，哥也不會回答，我只能從阿凱那裡探聽消息。

「妳哥可能壓力有點大吧？因爲他說大學想考美術系或設計系，現在就要開始準備了。」阿凱和我並肩坐著，嘴裡嚼著剛買的小吃。

「眞的嗎？不過我還是希望哥不要對我這麼冷淡。」我嘆了一口氣。

「別擔心，過陣子就會好的。」阿凱抽了一張衛生紙，將我嘴角沾到的醬汁抹去。

他突如其來的靠近讓我的心跳開始失序。

「我問過哥了，他說我高中就可以交男朋友了。」我撇開頭，用頭髮遮掩臉上的熱意。

「那怎麼行！妳該不會上高中就要交男友了吧？」阿凱氣得跳腳。

我在心裡偷笑，「這……很難說。」

「不行，我告訴妳，妳高中一定要讀我們學校。」

回家的路上，阿凱都在讚揚他們學校有多好、我應該先好好讀書、不要太早交男朋友等等，整趟路程我的嘴角一直都上揚著。

我最印象深刻的一次，是阿凱買了我們兄妹倆很常吃的那間泡芙，他總是會買三顆奶油口味和三顆巧克力口味，奶油給哥、巧克力給我。

但那一次，哥把三顆巧克力口味的全吃光了，只留了奶油的給我。

「抱歉，其實我也喜歡巧克力。」

我拿著泡芙衝去哥房間興師問罪的時候，他只淡淡地說了這句話。

從那次之後，阿凱一律都買巧克力口味的泡芙，然而哥卻不再吃了。

那時的哥很常在深夜一個人爬上頂樓，聽著梁靜茹唱的〈彩虹〉，一遍又一遍。

後來我如願地考上哥跟阿凱就讀的高中，當收到錄取通知時，我馬上衝去跟哥報告。

「很棒啊。」哥只淡淡地說了三個字，便頭也不回地回房。

哥的反應讓我愣在原地不知所措。直到阿凱又叫又跳地朝我撲來，才讓我將剛發生的事拋在腦後。

升上高中之後，阿凱每天早上都神清氣爽地出現在我們家門口，等我們一起上學，我的位子也從哥的腳踏車後座被換到阿凱的後座。

剛開始我因爲不習慣還有些失落，總覺得自己被哥嫌棄了，但是當阿凱停紅綠燈時，扭頭對我說笑，我望著他的酒窩，那些失落感頓時逐漸消逝。

十二月校慶前夕，阿凱因爲熱音社的表演，幾乎每天都留校練習，我問他表演什麼曲目，他總是神祕兮兮不告訴我，只叫我當天一定要去看他表演。

校慶不僅有運動會，還設有園遊會，由一、二年級負責擺攤，我們班販賣現做鬆餅和冷凍水餃。

身爲應屆畢業生的三年級不用準備園遊會，哥跟阿凱像老大爺一樣悠哉地閒逛。直到午餐時間才跑來我們的攤位捧場，阿凱塞了一個貓耳形狀的髮箍給我，叫我晚點去看他表演的時候戴上。我因爲太羞恥想推辭的時候，他跟哥便一溜煙地跑走了。

下午的社團發表會開始前，我聯繫不上哥，只好先自己一個人前往禮堂占位子。

剛入座沒多久，我就收到了阿凱傳來的訊息，我看向舞台，阿凱躲在角落的紅色幕簾後面，用誇張的嘴型和手勢指著他的頭頂。

我見他滑稽的模樣笑了笑，乖乖地戴上髮箍，全然忘記要找哥的事情。

阿凱他們是第三組出場的表演者，當主持人唱名出他們的隊名，台下頓時尖叫聲四起。

「工壳几東隊」是阿凱他們的隊名，取自每位成員名字裡的偏旁字。

阿凱背著吉他，從容地走到舞台的最前方，當我望見他頭上戴著與我相同的髮箍時，嚇得差點咬到自己的舌頭。

阿凱刷下和弦，舞台的燈光漸漸轉暗，他的髮箍瞬間成爲全場焦點，我這時才發現髮箍是螢光材質。

我尷尬地望向昏暗的四周，抬手想將它偷偷摘下……

「這首歌，我想送給一個女孩。」

阿凱低沉的嗓音透過麥克風傳來，順著耳畔敲至我的心上。

我的手定格在半空中，抬眼便看見阿凱望向我的目光，宛如在漆黑的夜空中，閃耀著專屬於我的星光。

阿凱骨節分明的大手撥弄著琴弦，旋律才出現不到三秒，我便知曉這是周杰倫的〈晴天〉。

一股電流霎時間竄至身體各處，搔得我心底發癢。

爲妳翹課的那一天　花落的那一天　教室的那一間　我怎麼看不見
消失的下雨天　我好想再淋一遍　沒想到失去的勇氣我還留著
好想再問一遍　妳會等待還是離開
颳風這天　我試過握著妳手　但偏偏　雨漸漸　大到我看妳不見
還要多久　我才能在妳身邊

飛速的心跳隨著阿凱唱出的音符，一起流連在樂章裡。

阿凱自始至終都望著我的方向，我才明白這個髮箍的用意。

在運動會上得到一百公尺短跑冠軍的阿凱，第一時間就衝過來興奮地對我大吼大叫，還在落敗的哥身旁不斷強調他得冠軍的事情，被哥肘擊了好幾次。運動會結束後，阿凱突然向我表白，正式終止了我的單戀。

「你都不怕被我哥打斷腿嗎？」我笑著問阿凱。

「怕死了！所以我眞的、眞的跟阿凡大哥求很久。」阿凱大聲說著，「我跟妳哥打賭，如果我得到冠軍，就可以跟妳告白！我們阿凡大哥最棒了，他一定是故意輸給我的！」

走在前方的哥頭也不回地朝阿凱比了中指，「幹，最好是。」

「阿凡，我一定會努力讓自己變成你們家的女婿！」阿凱又大喊，這次換我肘擊他。

「哥也去交個女朋友，我們來場四人約會！」我也朝哥的背影喊話。

「我照顧妳就夠累了，沒必要再交女朋友。」

「阿凡你該不會要出家當和尚吧？」阿凱大笑，換來哥高舉的兩隻中指。

後來，我總是在想……當時哥藏起的表情是什麼樣子呢？

剛沉浸於相戀的甜蜜時光不久，高三的哥跟阿凱便被各式小考跟模擬考淹沒。哥跟阿凱約定好要一起讀高雄的大學，明明說好放學後要一起讀書，哥卻臨時自己去報名了考前衝刺班，常常放學後就不見人影。

我問阿凱，「你怎麼不跟哥一起參加？」

「我想多陪陪妳啊。」

「你這樣太常跟我在一起，以後膩了怎麼辦？」

「我從妳還是小毛頭的時候就看著妳長大，我還想看妳白髮蒼蒼的模樣呢，怎麼會膩？」

「你什麼時候變得這麼肉麻了？」

「遇見妳之後啊。」阿凱還附帶個俏皮的眨眼和手勢。

我看著他浮誇的模樣笑了好久。

我跟哥的話題在那陣子越來越少，在家的哥不是在讀書，就是在畫圖。爸跟媽都不在的傍晚，我跟哥彷彿陌生人般，各自做自己的事。

從前最愛管我的哥，現在卻像放逐我了一樣，任由我做自己想做的事。

這樣的反差讓我的焦慮感逐日攀升，難道得等哥考完大學以後，我才能跟他重修舊好嗎？

「阿凡可能也有些混亂，所以不知道該怎麼辦吧？」阿凱聽我說完心中的焦慮後，認真思索著，「畢竟最愛的妹妹被最好的朋友搶走了啊。」

「是這樣嗎？」

「對啊，再給妳哥一點時間適應吧。」

阿凱輕柔地將我的髮絲塞到耳後，吻上我的唇。

學測成績單寄來的那天，我在門口的信箱撿到了掉落的信件，哥這時正好下樓，我將信件遞給了他。

「妳應該沒打開來看吧？」哥有些驚慌地接過，翻看信件有無拆封的痕跡。

「沒有！我沒看。」我連忙搖頭擺手，深怕又惹哥不高興。

「知道了。」哥見我滑稽的模樣突然笑出聲，伸手摸了摸我的頭。

熟悉的親暱舉動，讓我的眼淚倏地流下。

「怎麼了？」這下換哥開始慌張了。

「哥很久沒摸我的頭了……」

哥嘆了口氣，替我擦去淚水後，拿出機車鑰匙，拉著我的手走向門口，「走吧，哥帶妳去買巧克力泡芙。」

後來學測放榜，阿凱前幾志願選的高雄大學都落榜，只好就近選了位在台南的大學。

也是到那天我們才知道，哥考上了台北的大學。

我跟阿凱大吃一驚，埋怨哥怎麼事先一個字都沒提。

哥表示因爲他成績考差了不敢說，然而阿凱問他分數，他卻總是打哈哈帶過。

畢業典禮那天，高三生們一早的喧鬧聲便響徹整座校園。

爲了迎接畢業生最後的校園巡禮，一年級和二年級的學生們會列隊排至禮堂的門口。

哥的班級隊伍迎面而來，他穿著合身的白色制服，襯衫整齊地紮進卡其色的褲子，原先短齊的劉海梳成旁分，多了幾分成熟的韻味。

哥看見我時露出微笑，向我揮了揮手，我毫不害臊地舉起手對哥比了個大愛心，他瞪了我一眼，嘴角的弧度卻始終沒有落下。

哥修長的背影淹沒在接踵而來的隊伍，一股沉重感不斷把我的心向下拉扯。我突然意識到這個從小和我一起長大的哥哥、每天見面的哥哥，即將遠走高飛，之後我們只能久久見一次面的惆悵感湧上心頭。

當時的我無法預料到，之後我們居然連久久見一次面的機會也沒有了……

阿凱的班級出現時，我一眼就望見他，他的襯衫只紮了一半，另一角的衣襬隨風擺盪，今天他難得梳起瀏海露出額頭，讓俊秀的五官更顯立體。

他朝我走來，嘴角彎起，頰上的酒窩深陷，他將一朵造型花遞給我，那是一隻穿著學士服、抱著金莎的泰迪熊。

「畢業快樂。」阿凱摸著我的頭，搶走了我的台詞。

十六歲的我，曾以爲這個占據了我一整個青春的男孩，是我最後的歸屬。

高三生至禮堂一樓入座後，在校生陸續從二樓進場，我往下看，很快地就找到哥跟阿凱的位置，哥端正地坐著，而阿凱卻像隻蟲一樣不停亂動。我盯著他好一陣子，嘴角的笑意始終沒有散去。

典禮逐漸進入尾聲，禮堂的燈光暗了下來，在校生起立替畢業生演唱祝福歌曲。黑暗中，我似乎看見了阿凱望向我的目光，他眼中彷彿滿載著星空，而那星空只爲我閃爍。

典禮結束之後，便是師生和家長的留影時間。

爸跟媽將花獻給了哥跟阿凱，我從二樓跑到一樓，衝上前緊緊抱住了哥。

「哭了？」哥抱著我，揉了揉我的頭髮。

我埋在哥的懷裡，用力搖了搖頭，哽咽到一個字都吐不出來。

「我答應妳會常常回來，坐高鐵兩個小時就到了。」

我點點頭，臉依然埋在哥的懷裡。

「不公平，我也要抱抱！」阿凱張開雙臂向我討抱，把我們都逗笑了。

爸跟媽嚷著要幫我們合影，哥將他手中的花束遞到我懷裡，大手緊摟著我的肩，另一旁的阿凱則抱著花束靠了過來，悄悄地牽起了我的手。

我們三人將最燦爛的笑靨，一同鎖進那年無憂無慮的夏季。

在我高二那年的秋天，我和哥好不容易約好時間要去台南找阿凱，那天卻不斷下著大雨。

「煩死了，這時候怎麼在下雨啦！」我站在窗邊，焦躁地喊道，雙眼不停地在手錶和窗外的雨勢間來回。

「妳說是幾點的火車啊？」一旁的哥湊了過來。

「兩點五十分。」

「還有一個多小時，說不定等一下雨就停了。」

「眞的嗎？」我露出了笑容，哥點點頭，摸了摸我的頭。

三十分鐘過去後，雨勢不但沒有停歇，反而還有越下越大的趨勢。

「怎麼辦？」我望著哥，快要哭出來。

「小依，還是我們明天再去？」

「可是哥你明天下午不是就要回台北了嗎？今天是我們好不容易喬好的時間……」

哥猶豫了一會兒才開口：「好吧，不然我們現在出發，慢慢騎去火車站好了。」

我立刻揚起了笑容，「好！」

穿好雨衣後，我坐上後座，哥發動機車慢慢騎進雨裡，一路上他都在哼歌。

「哥你爲什麼這麼喜歡雨天啊？」因爲雨勢，我稍稍提高了音量。

「因爲雨聲可以蓋過我內心很多吵雜的聲音啊。」哥的聲音包裹在雨聲裡變得有些模糊。

「不是因爲彩虹喔？」

哥輕笑了一聲，「也算是吧，就像大哭一場之後，又因爲彩虹而帶來了希望。」

嘩啦——嘩啦——

滂沱的雨聲倏地竄入我耳裡，我猛然驚醒，方才和哥的對話還在耳邊徘徊。

我試著坐起身，卻感覺渾身刺痛，冷不防聞到了醫院的消毒水味。

「小依，妳身上有傷，先不要亂動。」一旁的阿凱忽然出聲，按著我的肩膀。

「哥呢？」

阿凱緊牽著我的手，雙眼紅腫得不像話，「在加護病房，還在昏迷。」

我止不住顫抖，哀求著阿凱讓我探望哥，他拗不過我的懇求，將腳受傷的我抱到借來的輪椅上，帶我到加護病房的窗台前。

我緊貼著窗戶，凝視著躺在病床上的哥。他的身邊圍繞著各式儀器，心電圖記載著哥安穩的心跳聲，透明的氧氣罩因爲哥的呼吸而不時起霧。

我無法抑制地哭出聲，阿凱俯下身抱住了我。

稍早，我跟哥停紅綠燈的時候，一台貨車從對向車道打滑朝我們衝來，哥第一時間跳車，將我緊緊抱在懷裡，替我承受了大部分的撞擊。

我寧願……哥不要這麼做……

車禍後第一天，哥住在加護病房，完全沒有清醒。

阿凱跟學校請了長假，開始每天待在病房陪我。每當夜晚失眠，只要睜開眼就能看見阿凱，讓我稍稍安心，但淚水還是止不住掉落。

第二天，哥吐了一地後又沉沉睡去。

每到加護病房的會客時間，阿凱總會提前半小時將我抱到輪椅上，帶我一起過去等待。他獨自一人進去探望哥，每次走出來總是紅著眼，卻笑著要我不要擔心。

第三天，哥依然在加護病房昏睡著。

今天爸媽進去探望哥的時候，昏迷的哥似乎有了些許反應。我為了能夠探望哥，很努力地把醫院準備的膳食都吃光光，即使之後全都吐到了馬桶裡。

第四天，哥清醒了，雖然虛弱，但可以正常對話，氣色也好了很多。

也許是因為我終於放下了高懸的心，那天是我第一次在車禍後順利進入夢鄉。

第五天，哥從加護病房轉到了普通病房，我們因為欣喜而哭得亂七八糟，被哥嘲笑了好久。

醫生說哥的傷勢依舊嚴峻，不過精神恢復良好，以重傷患者來說，這樣的狀況算是奇蹟。

「妳沒事真是太好了。」

「哥是笨蛋嗎？自己都這樣了還管我做什麼？」

哥見我時說的第一句話，讓我的眼淚不受控地往下掉。

「哥，你都轉到普通病房了，應該很快就能出院了吧？」

連續五天沒有正常吃飯的哥，整個人消瘦許多。

他沒有說話，只是淡淡一笑，「小依，可以答應哥一件事嗎？」

「什麼事？」

「不管發生了什麼事，都不要自責，好嗎？」

哥愛憐地摸著我的頭，彷彿在做最後的道別，讓我的心一陣慌亂。

「那哥也要答應我，一定要健康地出院。」

哥又笑了笑，沒有回答。

「跟我打勾勾！」我伸出手，比出拉勾的手勢，任性地勾起哥的小拇指。

「知道了。」哥一臉無奈，用大拇指跟我蓋了章。

「說好了喔！哥要遵守約定。」我放心地露出了笑。

「妳也是。」哥牽起我的手，柔聲說道：「妳要知道，妳永遠都是哥的第一順位。」

哥，我們果然是兄妹吧？

因爲，我們彼此都失約了。

第九章　消失的下雨天

當記憶中那股消毒水味與鼻腔中的味道重合，我倏地睜開眼睛，一股噁心感瞬間湧至喉頭。

我艱難地起身，拔掉手中的點滴下了床，持續的反胃感讓我蹲在床旁無法動作。

「小依，妳怎麼自己下床了？」開門進來的老斌衝了過來，扶我起身，「妳身上還有傷，不要亂動！」

我忍著噁心感，緊抓住老斌的手，「阿凱呢？」

「阿凱在休息，沒什麼大礙，只要等他醒來就沒事了。」

老斌攙扶著我到隔壁房，當我看見阿凱躺在病床上，整個人突然失去力氣。

「怎麼辦……都是我的錯……對不起……」

老斌抱住我，「小依，不要再說這種話了，這從來都不是妳的錯。」

老斌告訴我是醫護人員從阿凱最近的通話紀錄撥了電話給他，等他趕到醫院時，阿凱已經處理好傷口躺在病床上休息，主要都是皮肉傷，較嚴重的就是爲了護住我而導致的右手骨折。

醫生已幫他打上石膏，好好休養一段時間再進行復健就能復原，而我除了一些擦傷，沒有其他大礙。

「妳如果有任何不舒服一定要通知醫護人員，不要硬撐著，知道嗎？」

「嗯。」

老斌離開前向我再三囑咐，我坐在阿凱的床邊，點了點頭。

空曠的病房內，頓時只剩下阿凱沉重的呼吸聲，和一旁儀器傳來的聲響。

我輕輕靠上阿凱的胸口，當他的心跳聲環繞在耳畔，我焦躁的心才逐漸平復。

噗通——噗通——

時隔多年再次聽見阿凱的心跳聲，我閉上雙眼，貪婪地想讓這一刻的聲音只屬於我……

咚——咚咚——咚——

耳邊突然傳來凌亂的敲打聲，我皺了皺眉，想睜眼看清聲響從何而來，全身忽然傳來疼痛，讓我動彈不得。

嘩啦——嘩啦——

伴隨著咚咚作響的敲打聲，接續而來的是連綿不斷的雨聲，

我睜開眼，看見天空不斷傾瀉而下的雨滴全被阻隔在安全帽鏡片外，傳來凌亂的咚咚聲響。

霎時，一股刺鼻的血腥味竄入我的鼻尖。

我怎麼在這裡？

「小依……」

我聞聲抬頭，看見夜以繼日思念的臉龐，「哥！」

我激動地想起身，卻因爲身上的痛楚而哀號了一聲。

「別亂動……救護車等等就來了……」

哥躺在我身邊，頭上還戴著安全帽，鏡片卻已四分五裂，整張臉都泡在雨水之中。

「哥！不能睡……醒醒！」我看見哥逐漸闔上的眼睛，激動大吼。

哥沒睜開眼睛，嘴角掛著淺淺的笑，「哥休息一下……一下下……就好……」

「哥！不行！哥！」

「小依！」

我倒抽一口氣，瞬間驚醒，大雨此時已消失殆盡，血腥味也徹底被消毒水味取代。

「妳還好嗎？」

我緩著呼吸，望見眼前的人，愣了好一會兒。

「沒事吧？妳流了好多汗。」

瑾荷學姊突然湊了過來，我下意識地縮了縮身子。

她拿著衛生紙的手停頓在半空中，「上次打了妳，我很抱歉。」

瑾荷學姊的眼睛忽然盯著某處，我順著望去，才意識到自己從剛才就牢牢地抓著阿凱的手。

我慌張地收回手。

「妳一直都會做惡夢嗎？」

「偶爾。」

「可以告訴我……妳選擇來讀這間大學的眞正理由是什麼嗎？」

我抿著唇，猶豫了許久，才緩緩開口：「只是想來看看。」

「只是想來看看阿凱？但發現他跟我在一起了，所以才一直躲他？」

瑾荷學姊見我默認，冷笑道：「妳一定無法想像阿凱那段日子是如何度過的吧？是我告訴他，如果想要活下去，就儘管抓住我。但看來……無論我給他多少愛，都無法取代妳在他心中的位置。」

瑾荷學姊悄然抹去眼角的淚水。

「妳知道嗎？他跟我提分手時，告訴我的理由是因爲他答應了妳哥，要好好照顧妳，所以他會一輩子守護妳，直到妳找到想共度一生的人。而妳呢？妳怎麼能殘忍地推開一個這麼愛妳的人？」

我低著頭，眼前已模糊一片。

「直到我看了妳哥的日記，就像老斌告訴我的，所有想不通的事，都瞬間得到了答案。我才明白妳對阿凱的愛有多深，對妳哥的愧疚感就有多重，對吧？」

我獨自呆坐在病房內不知道過了多久，阿凱依然躺在病床上，毫無動靜。

開門聲突然響起，林晉民學長和楊世偉學長走了進來。

「不知道妳喜歡喝什麼，就隨便買了。」林晉民學長遞給我一罐飲料。

「謝、謝謝。」我慌張地起身接過。

「瑾荷呢？」他拿著另一瓶飲料，四處張望。

「學姊剛走了。」

「妳們……應該沒事吧？」

我趕緊搖了搖頭，「沒事，完全沒事。」

「沒事就好。瑾荷個性比較直，上次沒搞清楚狀況就失控了，我代她向妳道歉。」

「不！眞的沒事！學姊已經跟我道歉了，而且我自己也有問題……」

忽然陷入沉默，不禁讓我有些尷尬。

「你們不坐著嗎？腳好痠喔。」楊世偉學長打破寂靜。

「我、我先出去吧！你們陪阿凱。」我趕緊走出病房。

我坐在走廊的椅子上，感覺全身乏力。

「妳身上的傷還好嗎？」林晉民學長不知何時出現，站在我面前問道。

「沒、沒事，跟阿凱比起來不算什麼。」

「我可以坐妳旁邊嗎？」

「請、請坐。」

林晉民學長笑著說：「妳不用那麼緊張，我又不會打妳。」

我有些愧疚地低下頭，「對不起，都是因爲我，阿凱才受了傷。」

「不必道歉，況且也不是妳的錯，是那台車闖紅燈的錯。而且阿凱這陣子都失眠，又說不想靠藥物，趁這個機會讓他睡一下也好。」

「阿凱……最近都失眠嗎？」

「嗯，不過沒有之前那麼嚴重。」林晉民學長苦笑道：「就是妳哥離開那陣子。」

我低下頭，沒多說什麼。

「當我第一次見到妳的時候就有些疑問，妳是阿凡的妹妹，名字還跟阿凱前女友很像，但你們看起來又不像交往過……在我還在猜測的時候，瑾荷同樣也產生了懷疑，那天她來跟我講這件事，衝動之下就跑去找妳還打了妳……沒能及時阻止，我很抱歉。」

我慌張地搖了搖頭，「沒有，我眞的沒事！我自己當時也有錯……」

「沒事啦。那件事情後，妳不願意見阿凱，他也是從那個時候開始失眠，他很擔心妳的病復發，想找妳又不敢，我也幫不上什麼忙，只能請小芸幫忙帶消息。然後我前幾天聽瑾荷說了，原來你們眞的交往過，雖然我不知道你們分開的理由是什麼，但如果……如果阿凱醒來後，妳對阿凱還有感情，能不能再給他一次機會呢？」

我低著頭，不知該如何回答。

「抱歉，我多管閒事了吧？妳就當作沒聽到吧。」林晉民學長尷尬地搔了搔頭，「我只是覺得阿凱面對妳的時候，看起來很幸福，我眞的不想再看見他傷害自己了……」

我愣了愣，「傷害自己？什麼意思？」

「靠……」林晉民學長忽然臉色大變，似乎發現自己說錯話了。

「剛剛那到底是什麼意思？阿凱曾經傷害自己嗎？」

林晉民學長驚慌失措，見我不死心地追問，最終還是妥協了。

「說這件事之前，我得先向妳道歉……因爲當時我很埋怨妳，怎麼會在阿凱最痛苦的時候跟他分手。後來我才知道妳是阿凡的妹妹，妳當時也很不好受吧，對不起。」

我搖搖頭表示不介意，示意他繼續講下去。

林晉民學長說，大一開學後的某天，阿凱本來還在炫耀女朋友跟好友要來台南找他，要順便介紹他們給大家認識，卻在下一秒接到電話後全部變調了。

阿凱發狂似地收拾行李，怎麼問話都不回應，最後還是他們用蠻力制伏，才發現了他眼裡的擔憂和眼淚。

本來他們想陪阿凱回高雄，然而被阿凱婉拒了。

「我朋友走了，我沒事，別擔心我。」

失聯好幾天的阿凱，傳來了這封訊息後，又失去了消息。

阿凱向學校請了長假，消失了將近兩個月。

等他們再次看見阿凱的時候，他瘦了好多，就像一具沒有靈魂的空殼，眼裡的黑洞足以吞噬所有光亮。

失眠成疾的阿凱，每晚都要靠安眠藥才能入睡，他也是在那個時候染上酗酒的惡習。

所以阿凱的酒量才會變得這麼好啊……

「我只要想到那一天的場景，到現在依舊覺得頭皮發麻。那天如果不是我突然醒來，發現阿凱沒有在房裡，我可能會失去他……」

林晉民學長難受地摀住眼睛。

「那天清晨，阿凱被我們發現倒在浴室，整隻手都是血……」

林晉民學長離開後，他說的最後一段話在我耳邊不停地迴盪。

我坐在阿凱的床邊，看著他沉睡的模樣，一直無法止住淚水。

他的左手手心朝內擱在大腿旁邊，護腕已被取下，手腕處的膚色比旁邊的皮膚淺了一階。

我掙扎了許久，才終於提起勇氣，緩緩地將阿凱的手翻過來，好幾道長短不一的傷疤，怵目驚心地交錯在阿凱的手腕上。

原來，護腕的作用是爲了遮掩……我顫抖著雙手，淚水再次潰堤。

「哭了？」

虛弱的聲音緩緩傳來，我抬眼便看見阿凱擔憂的目光。

「阿凱！你終於醒了。怎麼樣？有沒有哪裡不舒服？」

阿凱抓住我的手，「別管我了，妳是不是哪裡痛？怎麼哭了？」

我生氣地抹掉眼淚，「你跟哥都是笨蛋嗎？自己都傷成這樣了，還管我幹麼？」

「大概是因爲妳是我們的主人吧？」

阿凱故作輕鬆地嘻皮笑臉，見我仍然神色嚴肅，他才識相地收起笑容。

「我眞的沒事，只是一些小傷——啊！痛痛痛！」阿凱連聲哀號，因爲我正掐著他的傷口。

「還說沒事？還敢說小傷？」

阿凱一臉無辜，「知道了，我全身要痛死了，手也痛、腳也痛，嗯？」

我依然瞪著他，但見他還能開玩笑的模樣，也安心了不少。

「妳呢？有沒有哪裡不舒服？」

「阿凱，你為什麼要做傻事？如果哥知道了，他會有多傷心？要是你真的怎麼了，我該怎麼辦？爸跟媽又該怎麼辦？」

阿凱的神色閃過一絲驚慌，迅速將左手手腕翻轉過來，掩飾傷痕，「對不起。」

「該說對不起的人是我，都是我害你變成這樣的……對不起。」

阿凱牽住我的手，「妳哪有什麼錯？妳那時候都那麼痛苦了，我卻什麼忙都幫不上……是我一時失心瘋，才做了無法原諒的事，不會有下次了，真的。」

阿凱伸手替我擦去了淚水。

「不說這個了，小依，猜猜我剛剛夢見誰了？」

「誰？」

「我夢見妳哥了，我們穿著制服，騎著腳踏車去了好多地方，我們很常去的那間冰店、小時候常去的那座公園，還有我們的祕密基地。妳哥還是跟以前一樣，唱歌五音不全，我一直笑他……我們聊了好多好多，可是聊了什麼我全都沒印象了，只記得最後一個畫面是他抱著白雪向我揮揮手……然後我就醒了。」

阿凱對我揚起笑，「醒來就看見妳了，真好。」

儘管淚水模糊了阿凱身影，我卻清楚地看見了他眼裡的星光。

「小依，老斌說妳還愛著我是什麼意思？」

我沉默著，無法給他任何回答。

阿凱的雙眼從充滿期盼，到後來漸漸變得黯淡。

從那之後，阿凱沒有再跟我過說半句話，就連來探望的林晉民學長和楊世偉學長都發現我和阿凱之間詭異的氣氛。

「妳跟阿凱到底怎麼了？」林晉民學長找到躲在樓梯間的我，劈頭就問。

「我不知道該怎麼面對阿凱，覺得自己沒有資格待在他的身邊。」

「待在一個人身邊哪有分什麼資格？」林晉民學長嘆了一口氣，「小依，我還是想再說一次，雖然我不知道你們當初分開的理由是什麼，可你們繞了一大圈，還是在彼此身邊，難道就不能再給對方一次機會嗎？」

我開口想說點什麼，卻發現自己什麼也說不出口。

「從妳一開始選擇讀這所大學的時候，不就代表先朝他跨出第一步了嗎？」

我望著林晉民學長，眼眶一陣溫熱。

「不要害怕，慢慢來吧。」林晉民學長柔聲鼓勵我。

連日來我都在學校和醫院之間奔走，獨自睡在宿舍時，因爲擔心阿凱可能會發生什麼突發狀況，我總是睡睡醒醒，不斷地查看手機，深怕漏掉林晉民學長的消息。

而從前猶如牛皮糖黏在我身邊的佳佳，我已經一個多禮拜沒看見她了。

今天上完課後，我又來醫院探望阿凱，卻只是站在門口偷看他後便悄悄離開。

經過醫院的中庭時，或許是因爲沒吃午餐血糖低，又加上連日來的睡眠不足，我一時頭暈站不穩，便坐在一旁的長椅休息。午後的微風很舒適，讓我忍不住闔上眼……

「小依、小依！蘇芷依！」

一陣喊叫聲跟搖晃把我驚醒。

「妳沒事吧？我以爲妳昏倒了。」突然出現的佳佳頓時讓我熱淚盈眶。

「妳怎麼來了？」

佳佳瞪著我的雙眼明顯像是哭過，「妳爲什麼不告訴我？我竟然還是從老斌那邊才知道妳哥的事……妳到底有沒有把我當朋友？還是妳覺得我沒辦法信任？」

我胡亂地擦去淚水，「不是，是因爲在乎妳，所以更害怕失去妳。對不起，我真的不知道該如何開口，該怎麼跟妳說明我放棄阿凱的原因，好難，這一切都好難。」

「阿凱到現在還不知道嗎？」

我搖了搖頭，「哥把日記藏起來應該就是不打算讓人知道，我是偷看的……」

「然後妳就因爲發現了妳哥的祕密，所以推開了阿凱學長？」

我任由眼淚滑落，用沉默代替回答。

「難怪妳哥要把日記藏起來，妳看看妳現在變成什麼樣子？因爲不斷內疚、不斷自責，把自己折磨成這個樣子，每晚做惡夢、動不動就心悸……妳哥知道後該多心疼？他用生命換來妳的健康，不是想看見妳變這樣啊！」

「可是那天是我堅持要去搭火車的，哥明明說了隔天再去。如果我當初沒有喜歡阿凱、沒有跟阿凱交往，哥就不會那麼痛苦，他也不用藏著那麼多年的祕密，強顏歡笑地面對我跟阿凱，哥的痛苦都是我造成的……」

「小依，不是這樣的——」

佳佳話說到一半，倏地站起身，面露驚恐地望著我的身後，我跟著轉頭，不禁愣在原地。

「妳們在說什麼？什麼日記？阿凡的……什麼祕密？」

「不說嗎？」阿凱坐在輪椅上，冷冷地盯著我們。

我和佳佳低下頭，不敢迎上他的視線。

「怎麼了？」隨後跟來的林晉民學長困惑地看著我們。

氣氛依然僵持不下，誰都沒有再開口。

「走吧。」阿凱冷聲道。

林晉民學長猶豫片刻，才推著阿凱的輪椅離開。

佳佳擔憂地看著我，「如果阿凱學長再問起的話要怎麼辦？」

我嘆了口氣，「算了，到時候再說吧。」

那晚，佳佳終於陪我一起回宿舍了，可我依然睡得很不安穩，阿凱那冷漠的表情不斷在我的腦海徘徊。

如果阿凱知道了會怎麼樣？如果阿凱討厭哥怎麼辦？哥要怎麼辦？我要怎麼辦？阿凱又要怎麼辦？

隔天沒課的時候，我又來到醫院，站在阿凱的病房外好一陣子，卻還是不敢推門進去，甚至連偷看的勇氣都沒有。

房門在這時突然被打開，林晉民學長走了出來。

「他剛睡著了。」林晉民學長邊說邊關上門，示意我和他到旁邊的長椅坐下。

「阿凱有跟你說什麼嗎？」

「沒說，連開口都沒有。」他嘆了一口氣，「他這個人總是這樣，好的都會全部分享，壞的都自己吞下，想必他又有什麼心事吧？」

「那該怎麼辦？」我難受地低下頭。

「你們果然眞的發生什麼事了吧？」

「嗯。」

林晉民學長見我沒有要說的意思，也沒有繼續試探。

「今晚妳要不要留在這裡陪阿凱？」

「可是他現在連理都不理我，如果看到是我會不會生氣？」

「他每天都在等妳來呢。」

我頓了頓，「眞的？」

「當然是眞的，妳永遠都是他最在乎的人，也許晚點妳可以跟他談談。」

到了晚上，跟林晉民學長確認阿凱睡著了以後，我才來醫院和林晉民學長換班。

「我有跟他說妳晚上會來，不過他沒什麼反應。」

「學長，謝謝你。」

林晉民學長給了我一個鼓勵的笑容，我勉強地堆起笑回應。

窗外的夜幕已經低垂，阿凱的病房只剩下一盞微弱的夜燈照明，我縮著身子坐在旁邊的小床上，凝視著熟睡的阿凱。

我還記得哥轉到普通病房的那天晚上，我也是這樣坐在旁邊看著哥入睡。

一想到哥離開的那天晚上，濃烈的消毒水味就讓我喘不過氣。

哥……對不起……你會不會討厭我？如果我害你被阿凱討厭的話要怎麼辦？

「別哭。」

阿凱緩緩地坐起身，看著遠方好一陣子都沒有說話。

「阿凡喜歡我，對嗎？」

我沒有回答，只能默默流淚。

阿凱像是理解般地露出笑容，表情卻很苦澀，「所以妳才推開我，妳知道的當下該有多麼難受，而我卻什麼都不知道……」

我起身，上前緊緊抱住他。

「原來……原來是這樣，一直以來有很多不懂的地方，我竟然在阿凡離開那麼久以後才知道。我有什麼好？我到底算什麼？我有什麼地方值得他喜歡？」

我擦去阿凱的淚水，卻任憑自己的眼淚落下，「你從來都沒有哪裡不好，反而是你太好了，好到所有人都把你放在很重要的位置。」

「他一直這麼難受，妳一直這麼痛苦，而我卻什麼都不知道……」

誰都沒有錯，錯只錯在我們三人的關係是如此密不可分。

對於阿凱而言，自己視爲一輩子的好兄弟竟然愛上了自己；對於我而言，最親愛的哥哥竟跟自己愛上了同一個男孩，而在我們知道這件事的當下，卻已經天人永隔。

哥，當你離開了以後，你的祕密對我們而言，好沉重。

第十章　當雨過天晴時

得知一切的眞相之後，阿凱對我的態度變得有點噁心。

「妳來啦？我叫林晉民買了妳最愛吃的巧克力乳酪蛋糕。」阿凱一見我就露出燦爛笑容。

「我是來探病的，不是來吃東西的好嗎？」我嘴上這麼說著，但還是乖乖開動了，「你不吃嗎？」

「那是專屬於妳的蛋糕，是我的心意。」

就連在他朋友面前，他也毫不掩飾地說一些肉麻話。

「喂！楊世偉，怎麼是小依去裝水？你快去啊！」阿凱見我拿著水壺要走出病房，就伸出沒受傷的那隻腳，往楊世偉學長的屁股踢去。

「啊、是是是！小的這就去裝水！」楊世偉學長迅速起身，恭敬地拿走我手上的水壺，「嫂子，妳歇著吧！這種苦差事就交給小的去做就好。」

「不要叫我嫂子！」

楊世偉學長裝完水回來後，一屁股就坐在旁邊的躺椅上，護士正好送了午膳過來，我幫忙把餐點擺在病床的餐桌板上。

「哇！你今天的菜看起來很讚喔——喔！痛耶！」楊世偉學長哀號一聲，因爲阿凱突然肘擊他。

「楊世偉，你不是說你等一下有約嗎？」阿凱掛著笑容，聲音卻感覺咬牙切齒。

「我哪有——啊！好痛！」

「你剛剛跟我說的啊？不是有約？嗯？」

他們兩人大眼瞪小眼了好一陣子，楊世偉學長才終於像是頓悟般，點頭如搗蒜。

「對對對！我忙得要死！嫂子，我們凱哥就拜託妳嘍！」楊世偉說完便一溜煙跑了。

「看你精神那麼好，好像不需要人照顧喔？」

阿凱頓時整個人無力地癱軟在床上，還搭配著哀怨的苦瓜臉，「小依，我手好痛……」

我冷笑一聲，坐在他的床邊，幫忙把餐具擺好。

「啊——」

「幹麼？」我看著阿凱張著嘴，一副嗷嗷待哺的模樣。

「妳不餵我吃飯嗎？」

「我餵你幹麼？你不是有手嗎？剛剛還能打人呢。」

「妳怎麼這樣對待病人？我好傷心……嗚嗚嗚……」

妥協地餵了他幾口後，我憋了好久終於出聲，「你不要一直看我啦！」

「妳就坐在我前面，我能不看嗎？」

「再看，我就拿湯匙塞你的嘴。」我甜甜地笑道。

「好，我不看。」阿凱說完就眞的閉上了眼睛。

少了阿凱熱烈的視線，我終於能夠認眞地餵他吃飯……

「齁！被我抓到了！」阿凱突然睜開眼與我對視，一下子拉近跟我的距離，「妳是不是趁我閉眼睛的時候一直偷看我？」

「我哪有啊！吃你的飯啦！」

「妳臉都紅了，還說沒有！」

「閉嘴！吃你的飯！」我挖了一大口飯硬是塞進阿凱的嘴裡。

阿凱嘴巴鼓成像倉鼠一樣，嘴角止不住上揚，以一副非常搞笑的模樣咀嚼嘴裡的東西。

好不容易把飯吞下肚的阿凱，揚起笑容說道：「突然覺得我這一撞還眞是值得啊——啊啊啊！痛痛痛！」

阿凱連聲哀號，一臉無辜地看著我剛剛掐著他傷口的手。

「知道痛還敢說這種話？」

「知道了啦，我不說了。」阿凱含淚說道，然後張大嘴示意我再繼續餵他。

「你又一直看我了！」

「我沒看妳啊！我在研究妳的睫毛，又黑又長，很漂亮。我們小依最漂亮了，連臉紅的樣子也好漂亮。」

我被他搞得不知所措，只好又撈了滿滿一匙食物塞進他嘴裡，換得耳根子的清淨。

阿凱住院的這幾個晚上，常常右手痛到無法入睡，或是因為無法翻身，總是睡睡醒醒的。我也因為要隨時處理他的狀況，睡得不是很熟。

「唔……」這天深夜，阿凱發出了低沉的呻吟聲。

我迅速起身，「很痛嗎？」

「我的手好像麻掉了……」阿凱低聲呢喃，雙眼仍緊閉著，似乎還很疲倦。

阿凱手臂上的石膏已經拆卸，換上了較輕便的護具，我握住他的手，輕柔地按摩他的掌心和手指頭，「這樣好點了嗎？」

「嗯……」阿凱緊皺的眉頭舒展了開來，「妳只要不離開我，什麼都好……」

阿凱帶著濃濃的睡意嘀咕著，全都糊在一起的字句，卻完整地落入我的耳裡。

我定睛望著阿凱的睡臉，輕輕說道：「對不起……我不會再離開你了。」

阿凱即使在睡夢中，手依然緊握著我，不肯放開。

鳳凰花開的五月，阿凱終於出院了。

他身上的皮肉傷已近乎痊癒，右腳踝的扭傷還纏著彈力繃帶固定，至於最嚴重的右手，即使出院了依舊必須用三角巾懸吊固定，他也在這期間迅速地練成了左撇子。

阿凱因為住院而缺席了四月底舉辦的畢業專題製作發表會，出院的這段期間也因為忙著復健，課堂報告沒交，書也讀得一蹋糊塗，六月初的畢業考成績當然也慘不忍睹。

阿凱爲此被迫延畢一年，他卻對於能夠再與我多度過一年大學生活而感到開心。

我內心覺得內疚，主動擔任他的看護兼司機，也爲了讓他的傷口盡快癒合，只要有空我就會買食材到他們租屋處下廚，幫他補補身子。

「我餓了。」還沒到晚餐時間，阿凱就打電話來刷存在感。

「你是豬嗎？」下午上完課回到家補眠的我，帶著濃濃的睡意回應他。

「我的手好痛……腳也好痛……」

我彷彿又看見阿凱在討拍磨蹭的模樣。

「別裝了。」

「看不見妳，我的心就好痛……」

我還賴在床上，嘴角卻忍不住失守。

「我需要愛的抱抱來治療……」

我忍著笑，已經不自覺地動身準備出門。

諸如此類的對話，每天都在上演，就連每次載他回診的時候，他也毫不掩飾地揩油。

「你不會抓後面的把手嗎？」我注意著路況，全身的感官卻都集中在阿凱環著我腰的左手上。

「我右手又不能動，不抱妳的話，我會摔出去。」阿凱一臉無辜地透過後照鏡看著我。

「那你不要靠這麼近啊！」

「這叫吸引力法則，妳一直吸引我，我也沒辦法。」

很好，我應該再讓他摔車一次。

過了幾天，老斌約我吃飯，阿凱知道後立刻塞了一千元給我，要我請老斌多吃些好吃的，報答他的救命之恩。

「喔?那臭小子還算有點良心。」老斌看著我掏出的一千元，揚起了嘴角。

結果他選了肉燥飯加米糕，再配一碗虱目魚湯。

「你們在一起了吧?」餐點送來後，老斌邊扒著碗裡的肉燥飯邊問。

我連忙搖了搖頭，「沒、沒有啊……」

老斌瞪大雙眼，嘴邊還黏著飯粒，「沒有?什麼意思?他都看過日記了還沒有?」

這下換我頓住了，「什麼日記?阿凱看過哥的日記了?」

老斌抽了張衛生紙擦嘴，「他還在醫院的時候，曾經打電話給我，說我一定知道關於日記的事，我就拿到醫院給他了。」

「我……我不知道這件事，阿凱也沒說啊!他表現沒什麼異樣……不對，所以他才會變得這麼噁心?」

我回想著在醫院那陣子跟阿凱的相處，好像明白了什麼。

「我真是服了阿凱，都知道真相了，還這麼沉得住氣，我果然還太嫩了啊。」老斌喃喃自語。

「我接下來該怎麼辦?」

「你們兩個是怎樣?都要問我怎麼辦就對了?這種事還要我教?只要說出來就好了

啊！說出來！OK？」

「知道了啦！你吃東西不要亂噴啦！」我伸手擦去老斌噴在我身上的食物碎屑。

「妳就問問自己，現在的妳還喜歡阿凱嗎？」

我看著老斌，心跳頻率不斷攀升，在我差點以為自己即將窒息的時候……

「嗯。」

聽見自己不再逃避，並且給出了肯定的回覆，我有股想哭的衝動。

「那妳還有什麼好猶豫的？」老斌嘆了一口氣，摸了摸我的頭，「啊，對了，我好像沒告訴過妳，其實阿凱出車禍那天早上，他打電話約我出來，說想跟我道歉。」

「道什麼歉？」

「他問我是不是GAY，如果是，他覺得很抱歉，因為之前出拳打了我。」老斌翻了個白眼，「妳跟阿凱說我們分手是因為我是GAY？」

「我怎麼可能那樣說！一定是小芸亂講話，傳到林晉民學長那邊。」我也跟著翻了白眼。

「算了，反正那天我一氣之下，就說妳其實一直愛著他，只是因為某些原因藏著感情，他原本還不相信，我叫他要牢牢抓住妳，沒想到這一抓讓你們兩個都出了車禍，抱歉。但這一撞也算值得啦，你們的感情才可以突飛猛進！」

「可我還是不希望有人受傷。」我擰著眉說道。

「是是是，妳最心疼妳的寶貝阿凱。」

「我不是這個意思！」我的臉逐漸發燙。

「你們之間兩年多的空白的確不是一夕之間就能夠縮短，再給彼此一些時間吧。」

「嗯。」我點了點頭。

「還有一件事，我要出國了。」

我口中的湯差點噴了出來，「什麼？你要去哪？」

老斌用衛生紙幫我擦了擦嘴，「不要緊張啦，只是暑假去住在澳洲的表姊家度假，誰叫我被你們這對笨蛋情侶搞到不成人形，需要好好放鬆一下。」

我撇嘴，「我們才不是笨蛋情侶！」

「是是是，豬腦情侶。」

畢業典禮舉辦在六月第二週的禮拜六，雖然阿凱已經不是應屆畢業生，但人緣好的他還是被大家拱著一起參加。

典禮當天，被視爲眷屬的我跟小芸被邀請到現場觀禮，我和她到達校門口，經過擺滿花的攤販時，一起停下了腳步。

我看見一束包裝精緻的畢業花束，其中有隻穿著學士服的小熊，牠懷裡抱著一顆金莎。眼前的畫面與回憶重疊，我揚起笑，不假思索地拿起它。

此時各系所的畢業生在自己的院所集合，進行撥穗儀式。

我跟小芸在儀式之前趕到他們系所，已經正式成爲眷屬的小芸，爲了幫林晉民學長拍照，硬是擠到人群前面卡位。

而我礙於模糊的身分，又怕遇到跟阿凱同班的瑾荷學姊，選擇站在走廊外側，從遠處眺望著他們，不過我一下子就找到了身材高䠷的阿凱。

他身上穿著跟大家同款的黑色學士服，右手懸吊的三角背帶突兀地掛在他的頸肩。

小芸獻了花給林晉民學長，阿凱站在一旁似乎在嘀咕了什麼，小芸指向我，阿凱便朝我看了過來。

四目相交的當下，我再次看見了阿凱眼裡滿溢的星光，頓時胸口熱脹了幾分。

我還在猶豫是否要上前獻花時，餘光正好瞥到瑾荷學姊的身影。我的身子一縮，迅速將自己藏到柱子後方。

阿凱班上的同學正好在此時魚貫而出，我望著眾人相似的背影，搜尋著阿凱的蹤跡……

此時，有個學士帽流蘇與大家不同方向的人忽然回頭。

「等等禮堂見。」阿凱側著頭，低沉的聲音盡是愉悅。

「嗯。」我抿著唇，應了一聲。直到阿凱的背影消失在樓梯間，我才想起藏在身後被我遺忘的小熊花。

禮堂裡塞滿了穿著學士服的學生，我和小芸站在一旁，挑了個視野良好又不會太靠近他們班的好位置。

大學的畢業典禮與高中的大同小異，皆是陳腔濫調的致詞環節，最後結束於畢業生齊唱畢業歌曲。

禮成之後便是自由的合影時間，整間禮堂頓時人聲鼎沸。

小芸不知何時已經混入阿凱的班級，跟林晉民學長耳鬢廝磨地說著話，而我還站在角落，手捧著小熊花躊躇不前。

阿凱的身邊簇擁著人群，他的好哥兒們對於阿凱右手的護具感到新奇，紛紛找他合照，他也配合地擺出鋼鐵人的姿勢拍照。

他們不知說了什麼，阿凱忽然回頭，朝我的方向揮了揮手。

我尷尬地抿著唇，也向他揮手，阿凱周遭的人們便發出一連串不明所以的吼叫聲，把阿凱逗得眉開眼笑。

瑾荷學姊似乎聽見了他們的騷動，也朝我這個方向望了過來，她身旁的朋友也一起看向我，對我投以嫌惡的眼神。

我感到尷尬，低下頭快步逃離了現場，獨自待在禮堂外。

「嗨。」

熟悉的女聲在我耳邊響起，害我嚇了一跳。

「妳幹麼每次看到我就像看到鬼一樣？」瑾荷學姊冷哼一聲。

「抱、抱歉，我只是嚇到了。」我緊握住藏在身後的小熊花，盡量讓自己的聲音不要顫抖得太明顯。

「妳什麼時候要跟阿凱告白？」

「什麼？」

「妳該不會還很在意妳哥吧？」瑾荷學姊皺眉，臉上盡是不解。

我看著一臉認真的瑾荷學姊，反倒有些無語了。

她忽然嘆了一口氣，「當老斌拿著那本日記找我的時候，我便明白失控的一切都該結束了。我知道那本日記一直是綁住妳的心魔，雖然很想一巴掌打醒妳，但是老實說，我也不清楚如果是我遇到這種事，我會如何面對。」

聽到某些關鍵字，之前頰上的熱痛似乎變得鮮明，我不自主地吞了口口水。

「沒事，我只是想想而已。」瑾荷學姊似乎發現我的異樣，竟邪惡地露出笑容。

氣氛變得輕鬆，我竟也笑出了聲，卻在下一刻想起自己的失禮，立刻收起笑容，「我……我很抱歉。」

「妳不需要對我感到抱歉，妳該感到抱歉的對象是阿凱，還有他一直以來對妳的心意，以及妳哥退讓成全妳的決心。」

我眼眶中的淚水逐漸模糊了瑾荷學姊的身影。

「我跟老斌都各退一步了，現在該由妳自己往前了。」

嘩啦——嘩啦——

我杵在原地，望著眼前已空無一人的場景，記憶中的雨聲再次襲來。

「妳去哪了？我剛剛都找不到妳。」

深藏在心底的那個男孩忽然撕開了雨幕朝我走來。

「怎麼了？妳在哭嗎？」

阿凱慌亂地抬起唯一能活動的左手，拭去了我頰上的淚水。

我凝視著他熠熠的雙眼，裡面清晰地映著我的身影。

「肄業快樂。」我揚起燦爛的笑顏，雙手舉著那朵小熊花遞到他面前。

撲通——撲通——

我的天空，似乎放晴了。

老斌即將出國前，嘴上說不需要我們送行，出發當天看見我跟阿凱在車站現身時，卻笑得合不攏嘴。

「你要去整整兩個月嗎？」阿凱竟然看起來依依不捨。

「大概吧。」老斌手裡拿著火車車票，身後只背著一個輕便的後背包。

「等你回台灣的時候，我再請你吃大餐。」

老斌笑了笑，「不用了，你上次不是已經出資一千元了嗎？」

「但你怎麼只吃了肉燥飯啦！」阿凱連聲哀號，「不行不行，下次我們去吃燒烤，隨便你點，我們還要喝到掛，說好了。」

阿凱伸出手比出拉勾的手勢，老斌翻了個白眼，不過還是配合地和他勾了小拇指，並在大拇指上蓋章。

「請問你們小倆口結束了嗎？」我在一旁笑道。

「嗯！結束了。」

「誰跟妳小倆口？」

他們兩個同時開口，阿凱的笑容配上老斌的不屑，怎麼有種阿凱跟哥的既視感啊？

「喏，餞別禮物。」我將身旁的小型行李箱推到老斌面前，「在澳洲生活兩個月，一定會很想念台灣的食物，不用感謝我。」

「裡面有一堆泡麵跟零食，省著點吃吧。」阿凱在旁邊補充。

「拖個行李箱麻煩死了，幹麼還準備這個？」老斌邊碎念，身體卻很誠實地接過行李箱。

火車進站的廣播響起。

「我差不多得進月台了。」老斌將視線停在我身上許久。「祝你們幸福。」

語畢，他便邁開腳步。

一瞬間，我的腦中不斷飛逝與老斌度過的時光，一陣酸楚從心底竄上，我不自覺抬起手想抓住老斌，阿凱卻搶先我一步，伸出手將老斌拉進懷裡。

「我們會幸福的，你也一定、一定要幸福。」

「幹，你不要把我搞得很像GAY。」老斌推開阿凱，迅速抹掉眼角的淚水，「我一定是上輩子造孽，這輩子欠你們的。」

老斌轉身頭也不回地進了閘門，背影逐漸隨著人潮一同消失。

老斌，謝謝你，你一定要幸福。

下午是阿凱例行回診的時間，天空烏雲密布，我和阿凱決定搭公車前往。

公車上人滿爲患，我和阿凱被擠到窗邊，擔心阿凱受傷的右手會被撞到，我杵在他身前，阻擋可能推擠過來的人潮。

阿凱似乎覺得我的舉動很好笑，忽然伸出左手將我拉進懷裡。

一股清新的洗衣精香味迅速竄進我的鼻腔，我突然笑出聲。

「笑什麼？」阿凱低聲問，語氣裡也盡是笑意。

我靠在阿凱的胸膛，低聲說道：「你一定不知道，國中有一次下雨的時候，跟你一起搭公車，你靠得很近，我差點就要撲上去了。」

「我知道啊，妳那時候臉紅到不行，我還以爲妳發燒了。」阿凱輕輕笑了幾聲。

「閉嘴。」我的臉瞬間發燙，環在他腰間的手收緊了力道。

到了醫院，醫生看見我們時露出了笑容。

「果然有女朋友陪就是不一樣，復健時間都會準時出現。」

「醫生，你講得沒錯！女朋友就是積極復健最好的動力！」阿凱滿臉春風得意，被我狠瞪了一眼。

復健結束後，外頭不僅下雨還颳著風，阿凱將傘打開，身子和我緊緊靠在一起就要往前走。

「還是我拿吧？」我指著阿凱手中的傘。

「我的左手又沒事。」阿凱側頭看我，「況且妳那麼矮，妳拿的話雨傘會戳到我的頭。」

我忍住想肘擊阿凱的衝動，只給他一個凶狠的眼神。

我與阿凱走入雨中，迎面而來的風雨讓我們有些招架不住，突然一陣強風將他手中的雨傘吹到開花，我們兩個人狼狽地杵在原地。

「公車來了！」

阿凱丟下開花的雨傘，牽起我的手跑向公車。

坐定位後，我們相視而笑。

阿凱用左手與我十指相扣，我們就這樣感受著對方手心的溫度，安靜了好一陣子。

我望著窗上的倒影，用眼細細描繪阿凱的側臉，瞧見阿凱忽然微微偏頭，我一時心慌，只好閉上眼裝睡。

阿凱的大手輕輕落在我的頭頂，將我的頭移往他的肩膀。

一股暖意自心中擴散，我悄悄勾起了嘴角。

撲通——撲通——

失速的心跳與當年重合，阿凱再次獨占我的心房。

最終章　雨季後的彩虹

經過兩個月的休養，阿凱終於拆下悶熱的護具。

他的生日正好在七月，爲了慶祝壽星痊癒，我們一群人相約到KTV唱歌。

這個組合有點怪，除了我跟阿凱、林晉民學長跟小芸互相熟識之外，楊世偉學長跟青兒、怡雯、佳佳都只有幾面之緣，好在彼此都知道是誰，場面倒也沒有太尷尬。

況且我們還有超級王牌怡雯，熱場就交給她。當她抓著麥克風聲嘶力竭地唱著盧廣仲的〈OH YEAH!!!〉時，氣氛馬上嗨到最高點，在場沒看過怡雯這種樣貌的男生們全都被嚇傻了眼，把我們其他人惹得捧腹大笑。

啤酒在這時送了進來，大家紛紛開喝。

佳佳見我沒動，開口問道：「小依，妳不喝嗎？」

「不了，我要載阿凱回去，我們沒坐計程車。」

「所以妳跟阿凱現在到底是怎樣啊？」

「嗯……我也不知道。」我聳了聳肩。

「什麼不知道！就老實說是因爲現在的曖昧很美好吧？」佳佳故意用手肘撞我，

「不過你們現在的關係不就差最後一步嗎？只要雙方確認就好了吧？」

「或許吧，這陣子都是他朝我走來，但他也沒有逼迫我確認關係，這點我倒是很感謝他。」

「唉，眞是痴情男啊……」佳佳嘆了一口氣，大聲呼喊阿凱，「阿凱學長，我敬你！」

阿凱一臉困惑，卻還是笑著和佳佳乾杯。

周杰倫的〈晴天〉的前奏在這時響起，阿凱拿起麥克風走到前面就位，又揮著手要我過去。

我在大家的起鬨下，拿著麥克風站到他的旁邊。

故事的小黃花　從出生那年就飄著
童年的盪鞦韆　隨記憶一直晃到現在
RE SO SO SI DO SI LA
SO LA SI SI SI SI LA SI LA SO
吹著前奏　望著天空　我想起花瓣試著掉落

我和阿凱的歌聲交疊，熟悉的旋律彷彿把我們拉回當初望著彼此傻笑的那段時光。

唱完後，我害羞地跑回座位，喝了好幾口冰水，試圖平復失速的心跳。

阿凱則很自然地走到我旁邊坐下，當我聞見他身上傳來的洗衣精香味，心中的小鹿又開始亂撞。

不久後周圍的吼叫聲將我從思緒裡拉了出來。

「嫂子！」楊世偉學長拿著麥克風朝我衝了過來，「嫂子，我們凱哥要唱〈大人中〉了，妳小心他等一下會哭爆啊！」

「什麼哭爆？我現在才不會哭了！」阿凱將楊世偉學長擠到一旁，搶走了他手中的麥克風。

「嫂子，他之前唱〈大人中〉的時候哭到肝腸寸斷，我們的心都要碎了！」林晉民學長在一旁幫腔，說完還浮誇地揪著自己胸口附近的衣服。

盧廣仲〈大人中〉的前奏在這時響起。

阿凱的臉一陣紅，「閉嘴啦！還不快滾？」

「你真的哭到肝腸寸斷？」我笑著問阿凱。

他尷尬地抿了唇，「對啊，那時候醉翻了，還被他們扛回家。」

阿凱的肩和我互相挨著，他看向螢幕，拿起麥克風緩緩開口。

安靜的人想很多　說話的人專心說
上班的人在五樓　下班的人獲得自由
勉強的人不快樂　快樂的人那就是我
你也想跟我一樣　雨下起來唱了首歌
遠方　遠方　哪裡才是遠方
原來愛人不在身邊就叫遠方　遠方

還好我愛的人永遠住在我心臟

阿凱低沉的嗓音悠悠地縈繞在我耳畔。

我望著螢幕上的歌詞，想起了林晉民學長曾經跟我說過阿凱那段行屍走肉的往事。

那段日子他不僅失去了摯友，我又離他而去……他是如何走到現在的？思及此，我的眼眶霎時一陣濕熱。

長大後誰不是離家出走　茫茫人海裡游
抬起頭才發現　流眼淚的星星正在放棄我
請擁抱我　萬一我不小心墜落

間奏響起，我伸出手，緊緊握住阿凱垂放在沙發上的右手。

他將手心翻了過來，與我十指緊扣，一股暖流自我手心竄流而上，最後在我心上炸開了花。

長大後我們都離家出走　茫茫人海裡游
抬起頭才發現　流眼淚的星星正在看著我
他說加油　讓我為你感到光榮

阿凱轉頭與我四目相望，接著他緩緩揚起笑，滿眼的星火像是收攬了全世界的光亮，爲我照耀。

雨過天晴　涼涼的　我不用再擔心什麼
那些花都怒放了　愛人的人獲得自由

「阿凱生日快樂！」

午夜十二點一到，大家舉杯歡呼。

阿凱不知道是不是因爲養傷太久沒喝酒，導致酒量退步，才喝了一些就滿臉通紅，開始胡言亂語。

「謝謝大家今天來慶祝我的生日，我要感謝我的嫂子……啊不對，是我的老婆……呃不是，是我的小依，謝謝她每天載我上下班，讓我不愁吃穿……」

阿凱搖晃著他的腦袋，捧起我的臉。

「喂！你喝醉了啦！」

眾人大肆鼓譟，阿凱嘟著嘴向我湊來，他的唇瓣印上我的，我用盡全力將他推開，他跌倒在地，卻像個傻子一樣嘟嘴碎念著還要親親。

「何延凱，等你明天酒醒，你就完蛋了。」我抹了抹嘴唇，低頭瞪著還在地上打滾的阿凱。

散會後，我一手握著機車握把，一手緊抓著阿凱圈在我腰上的手，以時速二十公里的車速騎往阿凱的租屋處。

一路上，阿凱緊摟著我的腰，不時搖頭晃腦與我的安全帽相撞。到了阿凱的租屋處，我想起林晉民學長和楊世偉學長說他們今晚不會回來，還附贈我一抹曖昧的微笑，被我一一瞪了回去。

我將阿凱安置在他的床上後，打算幫他拿換洗衣物，卻在轉身時，發現放在桌上熟悉的皮革筆記本，不自覺地陷入了沉思。

「在幹麼？」阿凱不知何時起身，從身後抱住我，他身上的洗衣精香味和酒味一起融進了我的鼻腔裡。

「你身上都是酒味，好臭。你要先洗澡嗎？」

阿凱搖了搖頭，「想睡覺。」

說完他便拉著我往後倒在床上。

「臭死了，快點去洗澡。」我坐在床邊，戳了戳他的額頭。

「妳陪我一起，我就洗。」

「哼，你想得美，你今天吃我豆腐，我還沒跟你算帳。」

阿凱緊閉著雙眼，嘴角卻微微上揚，酒窩若隱若現。

「阿凱。」

「嗯？」

「你爲什麼……看過哥的日記卻沒跟我說？」

阿凱緩緩地睜開眼，我等著他的回應，他卻只是坐起身，靜靜盯著我好一陣子。

「怎麼了？」

「我知道妳心裡的疙瘩還沒消去，沒關係，我會一直等，等到妳願意鼓起勇氣的那一天，不管多久，我都會等。」

阿凱溫柔的眼神像是看穿了我內心最深處的脆弱，讓我眼眶倏地發酸，「你是笨蛋嗎？」

「嗯，我就是個超級大笨蛋，所以……為了獎勵我這個大笨蛋，不給個愛的抱抱嗎？」阿凱滿臉期待地張開雙臂。

「生日禮物就用這個抵銷了。」我撲進他懷裡。

「這是我這輩子最棒的生日禮物了。」阿凱緊緊抱著我，埋在我的頸肩，忽然深吸了幾口氣。

「你幹麼啦？」

「就很久沒聞到了，需要溫習一下。」

「不公平，我也要聞。」

我挪了身，將臉埋進他的胸膛，用力吸了一大口氣，彷彿要把他身上的香味都吸收殆盡。

「剛剛不是還嫌我臭嗎？」

「你身上的香味都沒變，眞好。」我滿意地點了點頭。

阿凱的眼笑成了新月，「妳還是跟以前一樣變態，眞好。」

「你才跟以前一樣變態。」我指了指他不安分的手。

「我們都跟以前一樣，眞好。」

阿凱收緊了手臂，將我的身子攬得更緊。

寂靜的房內放大了所有感官知覺，阿凱沉穩的心跳聲傳來，逐漸和我的心跳共鳴。

嘩啦——嘩啦——

熟悉的雨聲傳來，我倏地睜開了眼，天空不斷傾瀉而下的雨滴全被阻隔在安全帽鏡片外。

霎時，一股刺鼻的血腥味竄入我的鼻尖。

難道我又夢到車禍現場了嗎？

我看向身旁，卻沒發現哥。

哥去哪裡了？

我將安全帽脫去，四處張望，忽然一隻大手落入我的眼簾，是個穿制服的少年，但他的臉卻被傘面遮住。

我抓住了他的手，他輕鬆地將我拉起，傘面罩在我頭上，替我擋去了大半的雨勢。

我和他並肩走著，雨聲依舊喧囂，少年緊牽著我的手沒有放開，一股熟悉感讓我驀地濕了眼眶。

遠處，另一位也穿著制服的男孩被隔絕在雨幕之外，陽光灑落在他身上，環繞著他鑲成了金黃色的光圈。

那位男孩看了過來，向我們揮了揮手，我看見那熟悉的新月笑眼，還有頰上的酒窩……

雨聲，漸漸地停了。

罩在我頭上的傘被挪開，我鼓起勇氣抬頭，一對上那雙溫柔的笑眼，我的眼淚瞬間止不住地滾落。

少年伸出大手輕撫我的頭，而後牽著我走向遠處的男孩，拉起男孩的手與我的手交疊。

少年溫熱的大手逐漸失去溫度，與我相似的笑容也越來越透明。

「小依，再見。」

少年熟悉的嗓音在我耳邊不斷迴盪，淚眼模糊之間，我望見晴朗的天空綻放一抹絢麗的彩虹，一道光芒將他的身影吞噬，我不禁閉上被刺痛的雙眼。

「哥！」我放聲大喊，緊握的手還高舉在半空中。

「怎麼了？」

阿凱的聲音將我拉回現實，我才發現自己另一隻手緊緊牽著他。

「是不是做惡夢了？妳剛剛一直發抖還冒冷汗，嚇死我了。」

想起剛剛清晰的夢，我的眼淚不受控地往下掉，起身抱住了阿凱。

「我剛夢見哥了，他叫了我的名字，還摸了我的頭，我好想他、好想他……」

「我也很想妳哥，我剛剛也夢見他了。」

我愣愣地抬起頭，「你也夢見哥了？」

「對啊，剛在夢裡我站在一個陽光普照的地方，似乎在等待什麼，直到我看見妳哥撐著傘牽妳的手從雨中走來。我和你們彷彿處在不同的世界，但當妳哥丟掉傘以後，你們那邊的雨也停了，然後妳哥把妳的手交給我，天空忽然出現了彩虹……」

還未等阿凱說完話，我又緊緊抱住他。

「阿凱，真的是哥！你夢到跟我同樣的夢……」

阿凱頓了頓，環抱著我的手加緊了力道，「看來阿凡也很想我們。」

我抬起臉看向阿凱，他溫柔地擦去我的淚水。

「晚點我想去看哥。」

「好啊，我也這麼想。」

我起身去浴室梳洗，卻在看見鏡子時放聲大叫。

「怎麼了？有蟑螂嗎？」阿凱一手拿拖鞋衝進浴室，一手將我護在身後。

「你怎麼辦到的？」我喃喃自語，他站在我身前四處張望，手抖到不行。

「什、什麼？我、我也不知道我辦不辦得到，之、之前都是楊世偉打死的……」阿凱吞了口口水，依然保持防備姿勢。

我繞到阿凱的身前，指著我的臉，「我是說，你剛剛是怎麼對著我這張眼線暈開、臉脫了一半妝、鼻頭還浮粉的臉說話的？」

阿凱定睛望著我，一臉不解，「妳的臉有怎樣嗎？」

「你別裝喔，醜就要說醜！」

「哪裡醜？我覺得很漂亮啊！不但國色天香，還沉魚落雁！」

「你什麼時候變得這麼肉麻了？」

「遇見妳之後啊。」

似曾相識的對話，讓我們望著對方笑了好一陣子。

喔，對了，我就不說後來真的有蟑螂出現，還是被我打死的呢。

回到高雄的家時，爸跟媽已經準備好一桌菜要幫阿凱慶生。

阿凱跟爸宛如久未見面的牛郎跟織女，旁若無人地卿卿我我，媽則在一旁不停地關心阿凱傷勢的復原狀況，完全沒人把我放在眼裡。

我識相地先行入座大快朵頤，不理會他們一家三口的噓寒問暖。

在我把每道菜都夾完一輪吃得津津有味時，他們才終於入座。

「小依妳的吃相這麼難看，以後把妳的老公嚇跑怎麼辦啊？」媽嫌棄地看著我油膩膩的嘴角。

「媽，哪裡難看啊？我才不會因爲這樣被嚇跑。」阿凱反駁。

「小依妳這麼會吃，誰敢娶妳啊？到時候把未來老公都吃垮了。」爸無奈地搖了搖頭。

「爸，我不會介意啦！你們不用擔心。」阿凱再度反駁。

周圍突然一片死寂，我停下動作，發現爸媽正看著阿凱愣神。

阿凱還一臉天眞地回望他們，我倏地倒抽一口氣，這才想起爸媽還不知道我跟阿凱的事。

「阿凱，你剛剛是什麼意思？」爸方才嘻笑的模樣已消失殆盡。

我暗叫不妙，用手肘撞了撞阿凱，對他使了個眼色。

阿凱過了好幾秒才領會過來，就在我以爲阿凱會先蒙混過去時，他卻突然站起身，在爸媽面前跪下。

「爸、媽，對不起，其實我一點都不想當你們的兒子，也不想當小依的哥哥！」阿凱大吼，「我、我只想當小依未來的老公！」

我驚得雙眼差點掉出來，爸跟媽的臉色頓時暗了一階，我的腦中倏地閃過無數可以補救的方案。

啪的一聲，爸用力將筷子放到桌上，阿凱瞬間抖了一下，冷汗直流。

我悄悄地放下手中的雞腿，悲壯地吞了一口口水，打算陪阿凱打這場硬仗。

爸臉色凝重地站起身，媽摀著臉好像在哭，我內心充滿忐忑，直到看見爸忽然高舉的手。

「爸！」我站起來大吼一聲，卻來不及阻止爸向阿凱揮去的手掌。

「兒子，你爲什麼要想不開呢？」爸無奈地在阿凱肩上拍了幾下。

「爸！」此時我才發現自己又被爸用同樣的招數整，不禁讓氣得大喊。

媽這時終於忍不住笑出聲，她剛剛是眞的在哭——笑到哭。

爸仰頭大笑，與嚇到靈魂差點出走的阿凱形成強烈對比。

「兒子，嚇到了吧？」爸依舊大笑，「啊，不對，我現在應該要叫你……女婿？」

聞言，阿凱突然又注滿了活力，滿面春風地挺直腰桿，坐到爸的身邊，開始和他暢飲啤酒——原來爸媽他們早就知道了。

他們一家三口就這樣從訂婚聊到宴客，再從新房聊到生小孩，自始至終都沒理我這個吃了三碗飯，而且也還沒答應的準新娘。

吃飽後，阿凱與我一起回到我的房間，他站在哥的那幅畫前，沉默了好一會兒。

「日記就是在這幅畫後面找到的嗎？」

「嗯，就在我十七歲生日那天。」我苦笑。

阿凱拿下那幅畫，凝神望著它好一陣子。

「我們把它物歸原主吧。」

「嗯。」

阿凱將畫作翻到背面，我拿起擱置在一旁的皮革筆記本正要放進去凹槽時，手突然停在半空中。

「這是什麼？」

我和阿凱都注意到了寫在畫紙背後的字，那是哥的字跡。

願藏身在雨季的你，能不受異樣眼光對待，等到放晴的那天，迎來屬於自己的彩虹。

我們望著那句話沉默不語，眼淚止不住地滑落。

後來，我們將那幅畫掛在屬於我們三人的祕密基地。

抵達哥長眠的納骨塔時，夕陽已逐漸西下，我和阿凱牽著手，一起佇立在哥的塔位前。

「哥，我好想你……對不起，之前一直覺得沒臉見哥，因爲偷看了你的祕密、搶走了你的男孩、害你失去了生命……我也沒能遵守跟你的約定，覺得自己唯一能做的，就是讓自己遠離造成哥痛苦的這一切，我以爲只要遠離阿凱，所有的悲劇就能逝去。

「但也許就像瑾荷學姊說的，對哥的愧疚感有多重，就表示我有多深愛阿凱吧？對不起，我好像直到現在這一刻，才終於能夠好好跟哥說再見，這段日子走來好漫長。我傷害了好多人，也傷害了自己，請哥在天上一定要保佑他們能夠找到更美好的幸福。

「哥，你說過我和阿凱是最美麗的安排，我會連同哥的份，用盡全力愛著阿凱，和他一起走到最後。」

阿凱與我的手緊緊相扣，我抬眼望向阿凱，他替我擦去淚水，卻任憑自己的眼淚掉落。

我踮起腳尖，吻上了他的唇。

「阿凱，我愛你……生日快樂。」

阿凱彎起滿溢淚水的眼，「小依，我也愛妳，謝謝妳再次來到我身邊。」

阿凱將我拉進他的懷裡，淚水沾濕了我的肩。

難以言喻的情緒在我胸口漾開，一直以來都被禁錮的心臟，跟隨著阿凱沉穩的心跳聲，終於獲得釋放。

噗通——噗通——

哥，當你離開了以後，我的天空終於出現彩虹了。

全文完

番外
大雨中的你

我不笑的時候，常常被朋友們說看起來很難相處，但怕生的我總是習慣板著臉。

就像現在，大一開學的第一天，走進教室的每個人都刻意忽略我身旁的空位。

「嗨，同學，妳旁邊有坐人嗎？只剩這裡有空位了。」一個高瘦的男生站在桌邊，向我問道。

「沒有。」我瞥了他一眼。

「我叫何延凱，妳可以叫我阿凱。」那個男生坐下後，轉頭向我問道，「妳呢？叫什麼名字？」

「我叫吳瑾荷。」

「請多多指教嘍。」

這個叫阿凱的男生，彎起的眼睛像新月一樣，臉頰上還有深陷的酒窩，長相是讓人一眼難忘的類型。

他坐在我的旁邊，一直低頭看著藏在桌子底下的手機，嘴角始終揚起。

我偷瞄他的手機螢幕，他似乎在跟某人傳訊息，看來是個有女朋友的人呢。

接下來選幹部的時間，阿凱被兩位男生推舉爲班代，他一臉錯愕地拒絕，卻還是被全班一致鼓掌通過。而我因爲臉臭，莫名其妙被選爲體育股長。

一下課，我便看見阿凱氣沖沖地揪著那兩個男生的衣領，離開了教室。

阿凱和那兩個男生似乎是新生訓練的時候就成爲朋友，其中一個叫楊世偉，另一個叫林晉民，有他們三個在的地方總是充滿了笑聲。

週五早上的第三和第四節課，是我選修的通識課，課程主要探討電影與文化，每次上課都會播放一部電影，要在下次上課前繳交一篇心得報告。

我還記得，第一部看的電影是二〇一三年上映的《眞愛每一天》。

當電影結束，我擦拭著眼角的淚水緩和情緒，教室的燈光亮起，我才發現身旁的空位已經坐了人。

「阿凱，你怎麼在這？」

「喔，是妳啊？」阿凱露出了笑容，「難怪我剛剛就覺得妳的後腦勺很眼熟。」

我笑了笑，「誰會用後腦勺來認人啊？」

「妳笑起來很有親和力啊，妳要多笑，看起來才不會那麼凶。」

「喔，我朋友都這樣說，但我有點怕生。」我尷尬地聳了聳肩，越說越小聲。

「熟了就不怕啦！隨便揚個嘴角都好。」

我看著他只要揚起笑就會深陷的酒窩，扯了扯嘴角，「像這樣？」

「噗哧！」

「怎樣？」

我的臉一陣發燙，卻只能看他捧著肚子大笑。

「妳、妳這樣笑太可怕了，小朋友會做惡夢……」阿凱艱難地從笑聲中吐出字句，「吳瑾荷，妳可以考慮走搞笑路線。」

「我才不要。」我嫌棄地瞪了他一眼，看他持續笑個不停，我不自覺地受到感染。

「對對對！就像這樣！」阿凱突然湊近我的臉，嚇了我一大跳，「妳現在笑起來就很自然，很有親和力。」

「是嗎？」我摸了摸難得笑到有點發痠的嘴角，「你還會繼續選修這門課嗎？」

「本來還在考慮，但發現妳也選這堂後，就不想退了。」

「喔？」我試圖忽略有些失速的心跳。

阿凱忽然雙手合十，「我可以拜託妳一件事嗎？因爲我六日要打工，所以我幾乎都是禮拜四回高雄，以後這堂課，妳可以順便幫我占位子嗎？」

「喔！當然可以啊。」

阿凱歡呼了一聲，開心地向我道謝。

我悄悄地緩下紊亂的心跳，難得笑出了聲。

「妳突然在笑什麼？」

「沒什麼，就是覺得很好笑。」笑自己的自作多情。

國高中時期，因爲同學們每天都待在同一個空間，很快就會熟稔。但是大學不一樣，大家選的課不同，常碰面的機率低，若是不好好經營，很容易讓自己成爲邊緣人。

而我就是那個邊緣人。

上次跟阿凱談話後，我常常試著對鏡子練習，盡量讓自己不要笑得太詭異，至少在面對別人之前，笑容是釋出善意最直接的方法。

在班上我算熟識的朋友大概就只有阿凱了，每到體育課需要搬運動器材的時候，我就會去拜託他幫忙，他也會很有義氣地拉著林晉民和楊世偉過來幫我。

開學不到一個月，和他們逐漸混熟後，我常常被他們三個白痴逗笑，班上的同學也慢慢和我打成一片。

說起來，這一切都很感謝阿凱。

某天，在學校餐廳吃飯時，我開口問道：「這禮拜六要去唱歌嗎？」

「不了吧，他們兩個馬子狗都沒空。」楊世偉用下巴點了點坐他身旁的林晉民，還有在外頭聽電話的阿凱。

「阿凱不是六日要打工，不會回高雄嗎？」我望向正在跟女友熱線的阿凱，他笑得很燦爛。

「這禮拜他臨時被調班，就說想回高雄陪女友。」

「喔，那林晉民呢？」我看向也在跟女友傳訊息的林晉民，「把你女友也帶來啊。」

「別鬧了，她是台北人耶，而且我禮拜五上完通識就要回台北了。」

「啊？那就只剩楊世偉這個阿呆了耶！」我忍不住哀嚎。

「喂，怎樣？我RAP很厲害耶！」楊世偉不滿地撇了撇嘴。

阿凱在這時掛了電話，朝我們走了過來，在我身旁的空位入座。

「你們在聊什麼？」他笑彎的眼睛和頰上的酒窩看起來特別刺眼。

「在聊你們全都是有異性沒人性的無情之徒。」我冷哼一聲。

「欸欸，我沒有啊！我隨傳隨到！」楊世偉插嘴，一臉無辜。

我偷瞄著阿凱的側臉，即使他嘴裡嚼著食物，我還是可以從微彎的眼睛中察覺到他愉悅的心情。

就這麼喜歡他的女朋友喔？那我呢？

如果是先暗戀才發現對方有女友就算了，但是都已經知道他有女友了，還移不開目光……我果然是自作孽吧。

一個禮拜一次的通識課，兩堂課剛好一部電影的時間，是我跟阿凱單獨相處的時光。

每當燈光熄滅，我心中的火苗就會亮起，在這漆黑的空間中，我的目光只屬於他一人。

等到燈光亮起，我內心的火苗就會消散，我知道，他的目光一直都只屬於另一個女孩。

但才相處了短短四部電影的時間，他就毫無預警地突然缺席了。身旁預留的座位就如同我的內心一樣空蕩，而當時播放的電影也完全進不了我的眼底。

我打開和他的對話視窗，發現已經過了好幾天他依然沒有讀取訊息。

「阿凱有聯絡你們了嗎？他都沒有回我訊息，怎麼辦？他真的沒事吧？不是說他朋友出車禍嗎？現在怎麼樣了？」

我焦急地跑去找林晉民和楊世偉，他們互看了一眼，然後陷入沉默。

「怎麼了嗎？」

林晉民深吸了一大口氣，才緩緩開口：「阿凱……他朋友過世了，這陣子可能都會待在高雄幫忙後事。」

我愣在原地，腦中一片空白，「過世了？你是說那個阿凡嗎？」

「嗯……」

「阿凱他還好嗎？」

「不知道……他今天早上傳訊息給我，說他沒事，叫我們不用擔心，然後就失聯了。」

渾渾噩噩地回到宿舍後，我的臉頰早已被眼淚打濕。

我握著手機，在對話輸入框打了一長串文字，卻在下一秒全部刪除，就這樣反反覆覆好幾次。

「我們很擔心你，你還好嗎？」

腦海裡想了這麼多的話語，最後只濃縮成這一句，不想顯得太刻意，我還在「我」的後面加上「們」，才終於將訊息傳送出去。

等了將近一個小時，阿凱始終未讀那則訊息。

我到底在幹麼呢？安慰他這種事明明就是他女友的工作，哪還需要我來慰問？直到這刻我才體認到，除了「同學」跟「朋友」的身分之外，我其實什麼都不是。眞可笑。

當我再次見到阿凱的時候，已經過了兩個多月。

他和當初的模樣簡直判若兩人，消瘦的身子像是隨時都會破碎，空洞的眼裡只剩下一片漆黑，就像一具沒有靈魂的軀殼。

我們一直陪著阿凱，誰都不敢過問他前段日子經歷了什麼樣的傷痛。

在阿凱如此意志消沉的時候，那個身爲他女朋友的人卻從來沒有出現過。

「阿凱……你的女朋友呢？」

阿凱原本平靜無波的瞳孔，忽然震盪了一下，他望著遠方呢喃：「好像該結束了吧……」

我曾渴望他身旁能有空位，現在的我卻憎恨曾經在他身邊的那個人，爲何在他最痛苦的時候離開他？

他本來是一個愛笑的男生，甚至還教會了我該怎麼微笑，但他現在卻連嘴角的弧度都忘了怎麼揚起……

在我自認爲時間終究會治癒阿凱時，阿凱卻割腕自殺，被林晉民他們送進醫院。

我看著阿凱熟睡的臉，不斷哭泣，甚至沒有勇氣碰觸他那隻受傷的手。

我好沒用，連自己喜歡的人都守護不了……

「我還沒死嗎？」睜開眼的阿凱第一句話就讓我們驚慌失措。

「何延凱！你怎麼可以這樣對我？」林晉民一把揪住阿凱的衣領，連聲音都在顫抖，「如果、如果我們昨天晚上沒睡在你家，如果我今天早上沒有發現你不在房間裡，如果你眞的怎麼了，我該怎麼辦？」

阿凱低著頭，眼淚不斷滑落，「對不起，我眞的活不下去了，我什麼都沒有了……對不起……」

「你還有我！還有我們啊！如果你眞的怎麼了，你希望我變得跟你一樣嗎？」

阿凱愣住，搖了搖頭，「對不起，是我錯了，對不起……」

林晉民緊握阿凱沒有受傷的那隻手，整間病房充斥著我們的哭聲。

阿凱出院的時候，林晉民將一個黑色的護腕套進阿凱的左手，他和楊世偉的手上也戴了同樣的款式，「戴上這個，就不要再想那些事了好嗎？我們會一直陪著你。」

阿凱望著護腕，沉默不語。

「答應我，不要再做傻事了好嗎？」

阿凱望著他良久，眼淚又流了下來，「我答應你。」

林晉民張開雙臂抱住阿凱，楊世偉也上前擁抱他們。

我站在一旁揚起嘴角，任由淚水滑過臉龐。

那是專屬於他們的友情。

在那次事件後，林晉民跟楊世偉都搬進阿凱的單人宿舍，即使只能打地鋪，他們也毫無怨言。

他們照顧著阿凱的生活起居，一直陪伴在阿凱的身邊。在他不願吃飯的時候，看準阿凱會心軟，也跟著一起餓肚子，這招果然讓阿凱乖乖地吃飯，或是在他將自己關在房裡的時候，硬拉著他出門到處走走。

這段期間，我們始終不敢大意，每天都處於備戰狀態，像是吃排餐的時候，阿凱握著刀叉不到一秒就會被林晉民搶過去。

「我幫你切。」

「我已經答應過你了。」阿凱淡淡一笑。

林晉民默默無語，依然不讓阿凱拿刀子。

經過窗邊的時候，當阿凱停下腳步往窗外望去，我們會一起衝到窗戶前面阻擋他的視線。

「幹麼？我只是想看看外面的天空。」

我們尷尬地退開，卻還是不讓他靠近窗邊。

「我真的已經答應你們了。」阿凱又淡淡一笑地舉起他的護腕。

我們在沒課的日子，會帶著阿凱到郊區散心，讓他沐浴在大自然中，林晉民說阿凱當天晚上都會睡得比較安穩。

「阿凱，你現在還會失眠嗎？」

我跟阿凱並肩坐在沙灘上，看著遠方的林晉民和楊世偉打水仗。

阿凱猶豫了許久才開口：「妳別告訴他們，他們都以為我已經能夠入睡了。」

「所以你一直都在裝睡？」

阿凱苦笑，「我只是不想讓他們擔心……」

「阿凱，我真的很希望我可以帶給你力量。」

「妳跟林晉民他們現在都成為我的力量了啊。」

我望著阿凱勉強撐起的笑容，彷彿有無數根針刺著我的心臟。

「阿凱，如果忘不掉的話，就不要勉強自己忘記，讓時間治癒一切吧。」

「那……需要多久時間呢？」

「會有那麼一天的，不管多久，我們都會陪著你。」

阿凱望著大海，無聲地流下淚。

阿凱因為睡眠不足在某天昏倒了，林晉民他們帶他去看精神科後，才發現阿凱一直在騙他們，林晉民很生氣卻又無從發洩，只能在阿凱面前一直哭。

阿凱感到抱歉，答應他們會吃安眠藥，讓自己在深夜好好休息。

隨著時間的治療，阿凱終於漸漸地恢復了精神。

學期末結束後，林晉民他們找了一間比較大的租房，打算和阿凱一起同住。

他們入住的那天，阿凱的心情非常好，難得說要去KTV唱歌。

看著阿凱大肆熱唱的模樣，難以言喻的感動如浪潮般不斷向我湧來。

在我轉頭想偷擦眼淚時，發現另外兩個男人也在裝沒事地拭淚，我忍不住噗哧一聲，林晉民他們見狀也笑出聲來。

「你們在笑什麼？」阿凱聽見我們三個的笑聲，大聲喊道。

「笑你唱得有夠難聽。」林晉民最先整頓好心情，站起身來搶走麥克風。

「幹！歌神出馬，你還不懂欣賞啊？」

「小嫩嫩，你果然還是需要歌王我來好好調教你。」

楊世偉也湊了上去，「喂！怎麼可以忘記我這個嘻哈教主啊？」

我看著他們三個人的背影，獨自笑了好久。

阿凱唱了一首又一首的歌，酒也喝了一杯又一杯，在我們即將鬆懈的時候，林晉民忽然無預警地切了歌。

「喂！林晉民，你幹麼切我的歌啊？」原本拿著麥克風的楊世偉一臉無辜地望向林晉民。

我看向點歌畫面，被切斷的歌是周杰倫的〈晴天〉。

「不要唱這首啦！聽膩了，換一首。」林晉民大聲嚷嚷，眼神卻一直飄向已經醉倒在沙發上吆喝大家喝酒的阿凱。

「你幹麼一直看阿凱？」我低聲問林晉民。

「這是他前女友的專屬鈴聲。」林晉民搗著嘴，在我耳邊小聲說道。

我警覺地看向阿凱，他依然在沙發上打滾，看起來並沒有受影響，我和林晉民都鬆了一口氣。

阿凱灌完一瓶啤酒之後，突然興奮地指向前方的螢幕。

「啊！盧廣仲的〈大人中〉耶！這首我會，給我唱。」阿凱衝到前方，搶走楊世偉手上的麥克風。

阿凱站在大螢幕前，雙手煞有其事地捧著空氣吉他彈奏，隨著配樂搖擺。準備演唱的提示色塊亮起，阿凱舉起麥克風，緩緩開口。

安靜的人想很多　說話的人專心說
上班的人在五樓　下班的人獲得自由
勉強的人不快樂　快樂的人那就是我
你也想跟我一樣　雨下起來唱了首歌
遠方　遠方　哪裡才是遠方
原來愛人不在身邊就叫遠方　遠方
還好我愛的人永遠……住在我……心臟……

阿凱低下頭，看似只是落了拍，我們卻開始感到不對勁。

長大後誰不是……離家出走　茫茫……人海裡游……
抬起頭才發現　流眼淚的星星正在……放棄我……
請……擁抱我　萬一我不小心……墜落……

阿凱斷斷續續的歌聲夾帶著隱忍的哭腔，環繞在整間包廂裡。

他緩緩蹲下身，抱住自己放聲痛哭。

淚水盈滿我的眼眶，逐漸模糊了阿凱的身影。

音樂的伴奏聲持續響起，卻沒有人再開口唱歌……

阿凱最後哭了整整一個晚上。

那天就像是個停損點，後來阿凱幾乎恢復成剛開學時那般開朗的樣子。

不知情的人，很難想像在他的護腕底下，有好幾道怵目驚心的疤痕。

一月的期末考，阿凱因爲臨時抱佛腳，幾乎都低空飛過。

「林晉民，你什麼時候回台北？」我坐在籃球場邊，問著朝我走來的林晉民。

「我寒假不回台北，我會留在台南陪阿凱。」林晉民在我身旁坐下。

「那你台北的女朋友怎麼辦？自從阿凱出事之後，你就沒回台北了吧？」我看向正在跟楊世偉一對一鬥牛的阿凱，他正運著球得意地捉弄楊世偉。

「分手了。」

「啊？」

林晉民喝了一口水，「我這陣子忙著照顧阿凱、忙課業、忙社團，根本沒空理她，她早就跟我抱怨過了。雖然我告訴她原因了，但她可能很沒安全感吧，畢竟我跟她隔這麼遠，其實我對她也覺得有點抱歉。」

「林晉民……」

「妳知道她說什麼嗎？她說我竟然爲了一個男人拋下她，好像我是GAY一樣。」林晉民大笑。

「你還笑得出來？」

「不然我要哭喔？女朋友再找就好了，但是阿凱不一樣，他沒有家人，只剩下我們了，我能爲他做的就只有這樣了。他一次失去了那麼重要的兩個人，我很怕……我也會突然失去他。」

林晉民的聲音越來越低，眼眶逐漸泛紅。

阿凱在這時大聲呼喚林晉民，他應了聲，拎起衣領假裝擦汗，趕緊起身跑向球場。

望著他們三人盡情揮灑汗水，聽著阿凱的笑聲迴盪在球場，我的眼眶不自覺溫熱了幾分。

寒假時，我返鄉回到嘉義，只能偶爾從社群軟體上得知他們的消息。聽聞他們二月初打算騎車環島五天，雖然很想跟，但礙於我是女生跟他們住宿不方便，便打消了念頭。

二月初也正好是阿凡的生日，他們預計早上從台南出發，第一站前往高雄，拜訪阿凡長眠的地方。

我一大早便搭火車到台南，我們說好一起去探望阿凡，結束後我再自己搭車回家。

他們三人各自騎著一台車，阿凱獨自騎在最前方，林晉民載著我和楊世偉緊跟在後。

早晨的道路有些冷清，我們幾乎暢行無阻地行駛在道路上。

抵達納骨塔的時候，阿凱的臉色比以往還要凝重，他領著我們走了進去，最後停在一個少年的塔位前。

阿凱望著那張相片，沉默了好久好久。

「阿凡，對不起，現在才來看你……我要去環島五天，帶著我特地爲你做的鑰匙圈，就當作……你也跟著我一起環島。」

阿凱舉起他的鑰匙，上面吊著一個刻著「凡」字的木雕鑰匙圈。

「這是你一直以來的落款，我把它複製下來，隨身帶著，就像你不曾離開過我一樣……生日快樂，阿凡。」

阿凱刻意隱忍的哭聲，夾雜在他有些紊亂的呼吸裡。

我心疼地拉著阿凱的衣襬，他轉頭看向我，儘管他的頰上依舊掛著兩行淚痕，卻還是對我淡淡一笑。

「走吧。」阿凱吸了吸鼻子，用衣袖胡亂地抹去了淚水，邁開步伐離開。

當時阿凱的側顏透露著一股堅毅，那是我這輩子都無法忘懷的畫面。

阿凡同學，請祢保佑阿凱能夠再次得到幸福。

臨走前，我在心裡對著照片上的少年祈禱著。

他們將我載到火車站，跟我道別後，便離開了高雄，前往下一站屏東。

我回到嘉義之後，每天都滑著手機，瀏覽他們的最新動態，偶爾用通訊軟體跟他們聯繫。

他們環島結束的那天，我坐火車到台南，買了一打啤酒到他們的租屋處慶祝。我們聚在客廳，聊著他們在環島時所遇到的趣事。

阿凱喝著酒，精神非常亢奮，講到激動處還會捧腹大笑。我看著他說笑的模樣，內心寬慰了許多。

林晉民和楊世偉喝醉以後便倒在沙發上不省人事，阿凱則獨自一人待在陽台吹風。也許是酒精讓我壯大了膽，我打開落地窗，站到他的身旁，「你還好嗎？」

「不知道耶。」阿凱苦笑著看了我一眼，「現在好像不管喝幾瓶都還是好清醒。」

我凝視著阿凱良久，如鼓聲般大的心跳聲不斷環繞在我耳畔。

「怎麼了？」

「阿凱，可以讓我陪在你的身邊嗎？」

「妳現在不就是了嗎？」

「阿凱，我想成爲你的力量……其實我喜歡你很久了。」

阿凱愣了愣，看起來有些慌張，「瑾荷，不要喜歡我，現在的我沒辦法給妳任何幸福。」

「你沒辦法給我幸福沒關係，我可以給你，即使你心裡還住著另一個人也沒關係。」我緊抓著阿凱的衣襬，眼淚不受控地往下掉，「阿凱，你總要活下去吧？抓住我吧，讓我給你幸福……好嗎？」

阿凱默不作聲地站在原地，直到湧出的淚水不斷滑過他的雙頰。

「瑾荷，對不起，我真的沒辦法……」

「沒關係，我會一直陪著你，不管多久，都會一直等你。」我嚐到了嘴角的鹹，卻還是給予阿凱一個燦爛的微笑。

他就像汪洋中迷失的一艘船，而我渴望成爲他的港灣。

「阿凱最近在躲妳吧？」林晉民湊到我身旁，用下巴點了點站在前方的阿凱跟楊世偉。

「很明顯嗎？」

林晉民抿了抿唇，看起來欲言又止，「其實，那天妳跟阿凱告白的時候，我全都聽到了。」

我的臉頰倏地發燙，「就算你叫我放棄，我也不會照做的。」

林晉民突然笑出了聲，「不，我會推妳一把，我非常支持妳。」

「眞的？爲什麼？」

「讓他多放點注意力在妳身上也是件好事，俗話說『有了新歡才能忘記舊愛』嘛。」

我開心地揚起笑，「說好嘍，你會幫我。」

「君子一言既出，駟馬難追。」

結果才剛開始我的作戰計畫時，我就發現了阿凱最近的異常。

「他怎麼又不見了?又回高雄了?」

我去他們的租屋處時，卻沒看見阿凱的身影，瞬間垮下了臉。

「喂，吳瑾荷，妳眞是有異性沒人性耶，臉色可以不要這麼難看嗎?」林晉民瞥了我一眼，又轉頭看向電視螢幕，專注地操作手中的搖桿。

「他上禮拜也是在這個時間回高雄的吧?上上禮拜也是，不是嗎?」

「還有上上上禮拜跟上上上上禮拜。」一旁的楊世偉補充道。

我在他們身旁坐下，「他自己回高雄眞的沒關係嗎?情緒沒問題嗎?」

「眞的沒問題，別擔心——喔耶!楊世偉，我贏了啦!」林晉民一臉得意地在楊世偉面前跳著自創的慶祝舞蹈。

「幹!再來一場啦!賭今天的晚餐，笑你不敢啦!」楊世偉壓制著林晉民，逼迫他按下搖桿上的「開始」鍵。

我看他們兩個扭打在一起，雖然擔心阿凱的心情仍未消退，卻也忍不住笑了。

其實會發現阿凱的異常，是因爲他每次從高雄回來後，都會特別消沉。

「你們每週都這麼放心讓他自己一個人回高雄住一晚?」

雖然見他們兩位「家長」這麼放心，我還是不死心地在林晉民身旁打轉。

「吳瑾荷。」林晉民望著我長嘆了一口氣，他這幾天大概被我煩到快發瘋了。

「怎樣?」

「這週五下午兩點，在我們租屋處樓下等我。」

林晉民說完這句話後就把我趕了出去，我在他們租屋處的門外又跳又叫的，就只差磕頭跪拜了。

到了禮拜五。

「上車。」林晉民站在他的機車旁，遞給我一頂安全帽。

「所以阿凱呢？我們這樣是要跟蹤他的意思嗎？」我緊張兮兮地望著四周，深怕突然被阿凱撞見。

「他已經出發了。」待我坐上後座後，林晉民發動了引擎。

抵達台南火車站，停好車後，林晉民領著我到窗口買票。

「阿凱呢？你知道他坐幾點的車嗎？」

林晉民沉默不語。

「怎麼沒看到阿凱？你知道他在哪一站下車嗎？」

踏進火車車廂，我和林晉民找到了位子坐下。

「到了那邊就能看到阿凱了嗎？」

「吳瑾荷。」林晉民狠狠地瞪我，「妳可以閉嘴，然後乖乖跟著就好嗎？」

「好的，您說得是。」

到了高雄火車站，列車才剛停靠，我就急著想走出車廂，林晉民卻突然把我拉了回去，示意我安靜，然後悄悄地探出頭，偷瞄著隔壁車廂的動靜。

阿凱從隔壁的車廂走出去，他戴著一頂鴨舌帽，只背了一個輕便的背包，全身的衣著黑得像是要去參加喪禮一樣。

直到阿凱的背影消失在轉角，林晉民才帶著我跟了上去。

第一站，阿凱去找了阿凡。就像上次我看到的那樣，他凝視著照片上的少年好長一段時間，久到我以為阿凱的時間已經暫停了。

閉館的時間到了，阿凱才抹了把臉，邁步離開，此時的夕陽已西下，餘暉將他的背影拉得頎長，那孤單的模樣壓得我喘不過氣。

阿凱最後停在某個公園前，杵在原地好一陣子，忽然他低下頭，緊緊地握住護腕，神情痛苦。

看見阿凱這副模樣，躲在一旁的我心急地起身，林晉民及時拉住我，冷著臉對我搖了搖頭。我咬著牙，又乖乖地躲了回去。

直到夜幕低垂，阿凱才打起精神再次邁開步伐，去了某間看起來十分老舊的冰店。他笑著和老闆打了招呼，老闆熱情地給他一個擁抱，似乎是很熟識的關係。阿凱在兩人桌獨自入座，老闆卻上了兩碗冰。

「他約了別人？」我低聲問林晉民，他只是搖搖頭，沒多說什麼。

我遠遠地看著阿凱吃著一口又一口的冰，等到他都吃完了，也依然沒有人入座吃對面的那碗冰。

剎那間，我全都懂了。

我的心好痛。

天色越來越黑，明亮的新月和零散的星點高掛。

阿凱在某個人行道停下了腳步，視線遙望著馬路另一端的住宅。

過沒多久，住宅大門突然敞開，阿凱側身躲到一旁的電線杆後面，視線卻緊盯著從大門走出來的身影。

那抹纖瘦嬌小的身影，穿著深色的帽T罩住了頭髮，穿好運動鞋後，踏上人行道獨自走著。

阿凱保持著距離，一直跟在她的身後。

「回去吧。」我起身往他們相反的方向離去。

林晉民拉住我，「吳瑾荷。」

「林晉民。」我停下腳步，「你們已經跟蹤過好幾次了吧？」

「嗯。」

「我是不是永遠都沒機會了？」

「吳瑾荷……」

我蹲下身，緊緊地抱住自己，卻止不住氾濫的眼淚。

即使看不清那個女孩的臉龐，我也知曉她是阿凱的誰。

阿凱每週五回高雄，總會在那邊住上一夜後，隔天快中午才回台南。

即使他特意在早上洗了澡，我們還是聞得到他整身的酒臭味；即使他掛著笑容說他回來了，我們都發現了他仍未消腫的雙眼。

然而，我們誰都沒有說破。

「別說我對妳不好，阿凱的車前陣子報廢了，所以今天是我載他去火車站的，明天早上十一點十三分的車到台南，妳去載他吧。」

某次週五，接到林晉民打來的電話，我瘋狂向他道謝，當晚差點興奮到睡不著覺。

隔天，我在阿凱的車次前半小時就已經到達火車站，站在閘門旁等著他。

「阿凱！」

「吳瑾荷？妳怎麼在這？」走出閘門口的阿凱，看見我時嚇了一跳，「林晉民呢？」

「先不說這個了，歡迎你回來。」我拿出一根棒棒糖遞到他面前。

「這什麼？」

「來，回到台南就是要吃糖，甜到你心發寒。」我邊說邊拆開包裝，把棒棒糖塞進阿凱的嘴裡。

「我怎麼覺得妳笑成這個樣子才讓我的心發寒。」

「你想不想去日本？」

「什麼？這麼突然？」

「走，我帶你去日本。」

不等阿凱回應，我就拉著他的手跑到機車旁邊，迅速戴上安全帽、發動引擎。

「噹啷！一秒到日本！」

到了日式裝潢的拉麵店門口，我張開雙臂介紹，順便附贈一個燦爛的笑容。

阿凱站在我面前，無語地望著我。

不理會阿凱的錯愕，我又拉著他的手走進餐廳。

整頓午餐下來，幾乎都是我一個人嘰哩呱啦地講個不停，阿凱偶爾回應幾句。

我知道他不想說自己的事情。

隔週，我又在同一時間、同一地點等著阿凱。

「怎麼又是妳？」阿凱這次看見是我，少了驚訝，倒是多了點無奈。

「來，回台南就是要吃糖。」我又自顧地拆開棒棒糖的包裝紙，把糖塞進他嘴裡。

「這什麼口味？怎麼這麼甜……」

「天啊！你在台南住這麼久了，難道不知道台南的空氣本來就是甜的嗎？你不知道在台南只要拿著一根筷子，在空氣中轉一圈就能變棉花糖嗎？」

阿凱愣了愣，「誰說的？」

「我從網路上抄來的。」

阿凱含著棒棒糖，看著我笑了好久，最後還是我覺得丟臉，趕緊拉著他坐上我的機車。

「今天該不會還要一秒到哪裡吧？」

「客官您眞是聰明，今日我們要一秒到泰國！沙哇滴咯！」

「吳瑾荷，妳太常跟我們混在一起，也病得不輕了。」

接連好幾次，我都會拿著一根棒棒糖，迎接回台南的阿凱，他也似乎漸漸習慣了，甚至我還發現，他走出月台後，遠遠就會望向我平常站的位置，看見我便露出笑容。

我能否偷偷期待……他在等我？

「幹！吳瑾荷！妳出運了啦！」電話那頭是林晉民的叫聲。

「怎樣？我們的計畫奏效了嗎？」

「幹！阿凱剛剛一看到我就問妳去哪了！」

「眞的假的！所以他放在心裡了？」

「幹！絕對是！他之前每次跟妳吃完午餐回來，心情看起來都不錯。剛剛一路上看起來都悶悶不樂的——喂，不說了，阿凱過來了。」

林晉民掛上電話，我仍感到不可置信，下一秒，我將自己埋在枕頭裡，興奮地放聲尖叫。

「喔，阿凱，你回來啦？」我下午買了飲料去他們的租屋處，極其自然地和他打了招呼。

「嗯。」阿凱看著我，似乎欲言又止，「……妳早上在忙？」

「嗯？對啊，學長約我吃飯。」

「喔。」阿凱點了點頭，喝了一口波霸奶茶後，便拿起搖桿開始跟楊世偉對戰。

我和林晉民在阿凱的身後比手畫腳，我假裝感動地仰頭拭淚，林晉民則讚許地向我比了個大姆指。

進入初冬的十一月，阿凱最近看起來都心事重重。我們一直在等阿凱自己開口，即使希望渺茫。

「喂，剛剛阿凱搭最後一班車回高雄了。」週三的深夜，林晉民忽然打電話給我。

「回高雄？爲什麼？今天不是週五啊！」

「他手裡拿著一袋看起來像禮物的東西，裡面好像是一隻娃娃。」

我愣了愣，「他該不會……想跟他前女友復合吧？」

「我不知道，他上車前，我故意跟他說我怕睡太死沒接到他電話，如果需要人載他，我叫他打給妳，妳再注意一下吧。」林晉民忽然沉默了一會兒才再開口：「我總感覺這是最後一次了，妳要有心理準備。」

掛上電話後，我徹夜難眠，不斷查看手機，深怕漏掉阿凱的訊息。

凌晨天剛亮沒多久，我忽然被手機鈴聲驚醒，想都沒想就接起了電話。

「吵到妳了嗎？」

「沒有！我……正好在打蚊子，所以醒著。」

「那妳現在方便來載我嗎？」

我應允後，趕緊跳下床，將必備的棒棒糖塞進口袋，匆忙地出了門。

早晨的火車站十分冷清，我一踏進大廳，便看見阿凱獨自坐在角落的長椅，穿著整身黑的他，彷彿吞噬了所有光亮，沉重得令人窒息。

「阿凱，歡迎回來。」我站在他身前，不忘遞上棒棒糖。

我不知道我現在的表情如何，應該笑得很難看吧？因爲我發現林晉民說的那個紙袋已經失去蹤影。

他們復合了嗎？

阿凱站起身來，接過棒棒糖，這是他第一次主動自己撕開包裝紙，含進嘴巴。

這一刻我忽然好想哭，因爲就像林晉民說的，這似乎是最後一次了。

「瑾荷，我還能得到幸福嗎？」

阿凱無助地凝視著我，這是我第一次在他的眼裡看見自己的倒影。
「當然，你值得擁有這世界上最美好的幸福。」
「那我該怎麼做？」
「抓住我，只要你抓住我，我就會給你世界上最美好的幸福。」
當阿凱牽起我伸出的那隻手，我才明白，我跟林晉民預感的「最後一次」，是阿凱對過往最後一次的告別。

我和阿凱在一起了，比我還要開心的人是林晉民。
「喂！吳瑾荷，阿凱最近開始彈吉他了！」
「喂！吳瑾荷，阿凱最近說要去打工了！」
「喂！吳瑾荷，阿凱最近酒喝得越來越少了！」
「喂！吳瑾荷，阿凱最近都可以一覺到天亮了！」
只要阿凱一解鎖之前封閉的技能，林晉民興奮的聲音就會從電話那端傳來。
「林晉民，你真的很誇張。」我握著手機，每次都笑到不行。
「去旅行吧！我們寒假去旅行！」
行動派的林晉民只花了一個晚上就規畫好行程。
訂好日期後，林晉民租了一台休旅車，我們四個人、一台車，展開了三天兩夜的花東旅程。

冬天的海風帶點寒氣，我們才剛下車，就冷得直發抖，但他們三個大男孩還是馬上捲起褲管，光著腳朝浪奔了過去。

我忽然想起去年，我還陪著阿凱坐在海邊……當年望著大海落淚的男孩，如今已經重拾笑容，恢復了光采。

只要他能夠像這樣一直笑著，我願意給他全世界。

林晉民訂了兩間房，他和楊世偉睡一間，我和阿凱睡一間。

「眞是的，你們玩水玩了那麼久，如果感冒怎麼辦？」

阿凱洗完澡後，我將他按在椅子上，替他吹頭髮。

「妳照顧我啊。」阿凱將我圈在懷裡，抬頭看著我。

「我要讓你自生自滅。」

「妳才不會。」阿凱笑彎了眼，將整張臉埋進我的懷裡。

我以爲我對他的好，可以讓我成爲他的一切，直到那個女孩出現。

阿凱說她是阿凡的妹妹、說他們三個從小一起長大、說他們以前下課後最常去哪玩，說著所有關於他們的一切。

阿凱提起往事的模樣，看起來眞的好幸福。

我不是最希望他能夠幸福的人嗎？但爲什麼那樣的他，看起來如此陌生？

迎接大一新生入學的那天也是選社團的日子，阿凱說因爲受阿凡的父母所託，想去找那位女孩。

他那天早上握著手機沉思了很久，我知道他遲遲沒有撥出電話，但他跟那個女孩卻在沒有聯絡的情況下，在偌大的校園裡相遇了。

他們相見的那刻，一股沒來由的怪異感朝我席捲而來。

那個女孩發現阿凱時並不訝異，卻在看見我時，眼裡閃過了一絲驚慌。

而阿凱面對那個女孩時，我總能感受到他與我緊握的手正微微顫抖著。

他們不是從小就認識嗎？爲什麼看起來這麼尷尬又陌生？

某天，他去完吉他社回來後，開心的表情彷彿得到了全世界，他說他要到那個女孩新的手機號碼了……原來，他們失聯了兩年。

爲什麼？是阿凡走了以後，才失聯的嗎？

我有好多疑問想問，甚至對那個女孩產生了無謂的戒備，可是我不知道該怎麼開口。

阿凱約了那個女孩好多次，也不避諱地找我一起去，可讓我覺得怪異的是那個女孩的避不見面、已讀不回。

他們曾經吵過架嗎？看阿凱的反應並不像啊，我倒覺得是那個女孩單方面在拒絕阿凱。爲什麼？他們不是從小一起長大、情同兄妹嗎？

所有疑問都在那個女孩生日那天變得更令人不解。

她沒有討人厭的銳氣，也沒有令人反感的舉動，我甚至都能感受到她一直有意無意地迴避著阿凱。阿凱像是毫無察覺，一股腦兒地想對她好，他對那個女孩的熟悉程度，更是讓我在意到失了眠。

我原本以爲見面能得到解答，此時卻又陷入了無盡的泥沼，那個被阿凱稱作「妹妹」的女孩，爲什麼會讓我覺得不安？

「阿凱，今天中午小琪他們臨時說要一起吃飯，你要去嗎？」

運動會那天早上，高中朋友們來找我。

「不行耶，我跟老斌、小依約好要去看他們的表演了。」阿凱站在衣櫥前挑選衣服。

「好吧，那今天下午三點要去唱歌，你沒忘吧？」

阿凱頓了頓，「三點嗎？能不能改三點半？還是妳先去，我晚點到？」

「爲什麼？怎麼了？」

「小依他們班三點比大隊接力，我想去幫他們加油。」

我理解般地露出笑容，「好啊，不然我跟他們說一聲，我跟你一起去看。」

「好啊！」阿凱笑道，接下來挑衣服的過程都開心地哼著歌。

我望著他的背影，緩緩收回了剛剛堆起的笑容。

我現在也學會假笑了啊。

「坐這邊吧！」阿凱在操場旁邊東張西望了一陣子，終於在一處視野良好的階梯處坐定位。

跑道上的五個班級分爲五個顏色，槍聲響起後，五色齊飛，宛若彩虹。

「小依他們班是穿黃色的。」阿凱指了指遠處正在列隊裡的那個女孩。

我隨意應了聲，此刻才發覺阿凱選擇坐在這處的原因——那個女孩從遠處跑過來，會經過這裡。

我好煩躁，心情亂得像一團解不開的毛線。

我從頭到尾都故意直面看著阿凱，期待他能發現我，並與我相視一笑，可是自始至終，阿凱的目光都在那個女孩的身上。

「阿凱——」

在我終於承受不了內心的焦躁，開口喚他時，他忽然起身，像一陣風從我眼前呼嘯而過。

等我回過神來，遠方便傳來一聲尖叫，我匆忙跑去，卻沒看見他的身影。

「他們去哪了？」

我循著其他人指的方向看去，眼前的畫面讓我的心頓時碎了一地——阿凱抱著那個女孩，離我遠去。

在那刻我便明白……不管我付出多少努力、給他多少愛，我始終不是他的第一順位。

「瑾荷！等等！瑾荷妳聽我說！」阿凱從保健室那一端朝我衝了過來，一把拉住我，「對不起，我只是剛好看到了，沒有想那麼多……小依之前生過病，所以我很擔心，對不起……」

「你擔心她，卻不擔心我嗎？現在都快四點了，我們已經失約了，你知道嗎？你要我怎麼面對我的朋友？因為他們不是你的朋友，你才這麼不在乎嗎？」

「不是的！不是這樣，我眞的沒有這樣想！我只是、只是答應過阿凡，要好好照顧他的妹妹，對不起……」

「如果覺得對不起，爲什麼還要這樣對我？你一點都不在乎我嗎？她都有男朋友照顧她了，你到底有什麼好擔心的？」

「我知道，我只是像妹妹一樣擔心她而已……」

「妹妹？妹妹就可以無限上綱嗎？」我冷笑一聲甩開他的手，轉身離去。

然而，阿凱始終沒有追上來。

冷戰了好幾天，阿凱終於約我見面，他眼下再度浮現深深的黑眼圈，短短幾天，他就瘦了一圈。

他眞誠地跟我說對不起，然後懇切地跟我說要分手。

他說，他很喜歡跟我共度的時光，很想就這樣一直走下去。可是當他發現自己無法不在意阿凡的妹妹小依，就覺得這樣的行爲是在傷害我，而且未來可能也會如此。

他說，他會一個人生活，直到看見小依和心愛的人步入禮堂。

這像話嗎？爲了一個沒有血緣關係的妹妹？

當他的道歉比說愛我時還要眞心，我便明白這一切都無法回頭了。

望著他手上的黑色護腕，我完全說不出任何關於挽留的字句。

第一次經歷分手，那夜我輾轉難眠。

憑什麼小依可以得到阿凱全部的愛，我卻不行？

那個小依到底算什麼東西？如果她不出現，我跟阿凱是否就能繼續走下去？

爲什麼他們都失聯這麼久了，她還要突然出現？難道她有什麼意圖？

手機鈴聲忽然響起，此時已經凌晨五點多了。

「林晉民你有病嗎？凌晨打給我幹麼？」

「我知道妳整夜沒睡，我也是，出來吃早餐吧。」

掛斷電話後，我簡單地洗漱，穿著邋遢的居家服便出了門。

「妳這副模樣是想告知全天下的人，妳因爲失戀哭了一整晚嗎？」

「廢話少說，我都失戀了，你要請客。」

我和林晉民入座後，便拿起菜單大肆點餐。

「不過，我跟阿凱分手，你失什麼眠？」林晉民結完帳回來時，我問他。

「你們冷戰的那幾天，他看起來糟透了，我沒想到你們眞的會分手，我很怕他什麼狀況，根本不敢睡。」

我噗嗤笑出聲，「看來你跟阿凱才是眞愛。」

林晉民嘆了口氣，「你們眞的完全不可能了嗎？」

「你知道他說什麼嗎？他說他往後的人生都會爲了小依而活，直到她跟心愛的人結婚生子，只因爲他答應過阿凡要好好照顧他妹妹。」

「是嗎？」

「喂，林晉民，你有沒有想過一個可能？阿凱也許喜歡小依？」

「爲什麼這樣覺得？」

「這麼說也滿合理的啊，他們從小一起長大，他可能一直喜歡小依只是沒說，或是曾被拒絕過。後來他交了女朋友，跟小依斷聯，直到小依考上我們學校，又重拾對她的感情……你覺得呢？」

林晉民皺起眉認真想著，「那妳覺得，阿凱回高雄去偷看的那個女生，是小依還是他前女友？」

我開口想回答前女友，卻又想起小依其實也是住高雄……所以，那個「她」是誰呢？

「算了，干我屁事。」我拿起筷子，吃起眼前擺滿一桌的食物。

我和林晉民都沉默著，沒人再開口提起這件事。

跟阿凱分手後，我們徹底變成了陌生人，就像兩條平行線，不再有交集。

阿凱在運動會引起的騷動，不知何時傳到了班上。

女生好友都替我抱不平，她們痛罵阿凱是渣男、指責小依是小三。

某天放學時，林晉民約我去喝酒。

「吳瑾荷，妳明知道阿凱跟小依沒做什麼對不起妳的事，怎麼就放任她們這樣講？」

「嘴長在她們臉上，關我什麼事？」我冷聲道，將手上的酒一飲而盡。

「老實說，聽她們這樣講，我心裡反而好過些，否則他們明明什麼事都沒發生，我卻莫名其妙被分手了，我也很不平衡。」

林晉民嘆了一口氣，又替我斟滿酒杯。

「倒是你，最近交了個小女友，看起來春風得意，真好啊。」

林晉民的耳尖立刻紅了，「什麼小女友，我還沒跟她在一起啦。」

「你那個小女友跟小依很要好吧？小依跟阿凱還有在聯絡嗎？」

「你們分手之後，他們就失聯了。」

「又失聯？不是好不容易重新聯絡上的嗎？」我忍不住皺眉，心中又開始感到怪異。

林晉民在這時接到了一通電話，神色瞬間轉爲欣喜，他愼重地清了清喉嚨之後，才將手機貼在耳邊，用很低沉的嗓音輕道：「喂？」

我看著林晉民這一連串的動作，忍不住感嘆了一句，「青春眞好啊。」

林晉民邊掛著靦腆的微笑聽電話，邊朝我比了中指。

但講沒多久，他的笑容逐漸消散，我被挑起好奇心，目光黏在他身上，直到他神色凝重地掛上電話。

「小依跟老斌分手了，而且還是老斌提的。」

「吳瑾荷！完蛋了！我闖了大禍了！怎麼辦？」

電話那頭傳來林晉民焦躁的聲音，似乎還有正在奔跑的喘氣聲。

「幹嘛？怎麼了？」原本正躺在床上追韓劇的我按了暫停鍵。

「幹！我說溜嘴了，我把老斌跟小依分手的事告訴楊世偉了……」

「你是智障嗎？楊世偉的嘴巴最大了！」我從床上跳了起來，「阿凱現在狀況這麼糟，不適合知道這件事啊！」

「我現在眞的快瘋了，我剛剛才知道阿凱去找老斌了，而且聽楊世偉說他臉色很難看！」

「我馬上過去！」我趕緊隨便換了一套外出服，「你打給你的女友，叫她也想想辦法！」

掛上電話後，我飛也似地奔出門，等我到達現場時，阿凱的拳頭正好落在老斌的臉上。

驚呼聲和尖叫聲此起彼落，林晉民和楊世偉立刻上前架住阿凱，小依的那群朋友也拉住了老斌。

那是我第一次看見阿凱的臉上出現怒意。

「你還眞以爲你是小依他哥啊？」老斌抹了抹嘴角的血漬，冷聲道。

阿凱掙脫林晉民和楊世偉的手，朝老斌往前一步。

「她的狀況很不好，你要是害她的病復發，我不會放過你的！」

老斌冷笑了一聲，「如果你眞的這麼擔心她，當初爲什麼要放開她的手？」

阿凱的臉色閃過一絲驚惶。

老斌忽地上前揪住了阿凱的衣領，「你不知道她這些年來到底承受了什麼事情吧？你只看見她推開你，而你因爲懦弱，逃避到另一個人的身邊！她會生病，是因爲你！懂嗎？」

老斌離去後，阿凱杵在原地，低著頭讓人看不見他的表情。

那晚我徹夜難眠，腦海不斷浮現阿凱和老斌的對峙。

他們到底在說什麼？當初放開她的手？她推開了阿凱？她又生了什麼病？逃避到另一個人的身邊……難道老斌指的是我？老斌是不是知道些什麼？

我拿出桌曆，翻到之前的月分。

他們失聯後，是在新生選社團那天才再次見面的，所以小依看見我才這麼訝異？因爲她不知道阿凱交女朋友了？

那又怎樣？只是從小一起長大的哥哥交了女友，跟逃避有什麼關係？

他們失聯了兩年，往前推算，大概就是阿凡過世後，也許承受不了失去哥哥的痛苦，所以跟阿凱避不見面？

可爲什麼要這樣？不是應該要互相扶持嗎？難道是阿凱那時候的女友不允許他們見面？但他們後來也分手了啊？

不對，仔細想想，當初大一的時候，阿凱曾說過要介紹阿凡跟他女友給我們認識，阿凡出事後，他們就分手了……也許，阿凡跟他那時候的女友也認識。

等等！我怎麼從來沒想過這個可能？

忽然釐清了一切，我顧不得身上的邋遢，隨手抓起了一件外套，便動身衝往阿凱的租屋處。

「吳瑾荷妳瘋了嗎？打了二十幾通電話給我？」林晉民下樓看見我時滿臉不悅。

我毫不猶豫地上前揪住了他的領子，「你早就知道了吧？蘇芷依就是阿凱當時的女友吧？」

林晉民愣了愣，雙眼頓時瞪大，「我、我也不是很確定，只是猜的，怕跟妳講妳會亂想，所以才沒說……」

「幹！」我不敢置信地抱頭怒喊。

「吳瑾荷，妳還好嗎？」

「我現在是眞的覺得深深被阿凱背叛了，他在我面前若無其事地對前女友好，他把我當什麼？原來他們眞的有一腿？」

「瑾荷，等等，妳先冷靜下來，妳應該比誰都清楚他們兩個在這段期間什麼事都沒發生，況且小依也有男朋友了——」

「那老斌爲什麼要跟蘇芷依提分手？你的女友有跟你說原因嗎？」

「我是有聽說老斌好像是GAY……呃，等等，她還不是我的女朋友啦。」

「那蘇芷依又爲什麼會跟阿凱分手？她知道嗎？」

「她不知道小依跟阿凱交往過這件事。」

「告訴她，我會去蘇芷依的宿舍樓下，等到她願意來見我爲止。」

不顧林晉民的呼喊，我轉身離去。

到了女生宿舍門口外，我找了個長椅坐下，深深吸了一大口氣，試圖讓自己冷靜下來。

沒錯，我要冷靜，我只要把內心的疑問釐清就好，其他的事我全都不想再管了……

沒想到，那個被阿凱視爲「妹妹」的女孩、那個擁有阿凱過去一切的女孩、那個曾經跟阿凱交往過的女孩，披著阿凱的外套出現在我面前。

我瞬間成爲我最討厭的那種人，我像個潑婦一樣對她又打又罵。

因爲這樣，原本和我已經形同陌路的阿凱，沒多久就跑來找我。

「怎樣？我打了你前女友，你很心疼嗎？你是要來打我的嗎？要替她報仇嗎？」我忽略阿凱憔悴的神色，劈頭就先發制人。

「瑾荷，對不起，我不是故意隱瞞妳的，我只是不想讓事情變得太過複雜。」阿凱低聲說道，「請妳不要怪罪她，當時她因爲失去了哥哥很痛苦，她其實過得也很辛苦……」

她很辛苦，那我呢？我的辛苦算什麼？我這麼努力地愛你、對你好，對你來說什麼都不是嗎？

我死抿著嘴，任由自己嚐了一嘴的鹹，卻什麼也沒說。

眼前這個曾經問我該如何得到幸福的男孩，又再次陷入將他吞噬的深淵，即便我的心早已破碎，我依舊不忍心傷害他。

因爲我還愛著他，而我知道……他也還愛著她。

渾渾噩噩地過了好幾天，直到一個不速之客站在我面前。

「有事嗎？」我冷冷地瞪著眼前的人。

「嗯，妳現在的樣子，跟我之前頗像的。」

「啊？」

「忘了自我介紹，不過妳應該記得我是誰吧？」

眼前這位男子推了推他的眼鏡，鏡框後是一雙炯炯有神的眼睛。

奇怪，這男的前陣子不是也才剛失戀嗎？

「當然記得啊，你是我前男友的前女友的前男友。」

老斌噗哧笑出聲，讚許地對我比了個大姆指，「學姊的說明眞是精闢。」

我雙手環胸瞪著他，「怎麼？你該不會是來教訓我打了你前女友吧？」

「不是，我反而還希望妳可以打醒她呢。」老斌見我一副不敢置信的模樣，從容地遞給我一個紙袋，「我知道妳最近一定每天都吃不好也睡不好，所以我是來拯救妳的。雖然這本日記的主人不是我，但既然它都讓我發現了，我就不客氣地隨意運用了。」

「什麼日記？」我接過紙袋，裡面躺著一本皮革封面的筆記本。

「阿凱並不知道這本日記的存在，我是偶然在小依家發現的，等妳看完這本日記，所有想不通的事情全部都會找到答案。」

「凡……」我撫著日記第一頁的落款，彷彿有顆石塊沉甸甸地壓在我的心上。

老斌那個混蛋，說什麼拯救我吃不好又睡不好的狀態，結果看完日記後，反而讓我徹底失眠了。

因爲在哥哥過世後發現這本日記，所以感到自責？

因爲哥哥一直喜歡著阿凱，所以選擇放棄？

因爲要壓抑自己的心意，所以一直躲避阿凱？

這像話嗎？這一切像話嗎？

所以老斌是因爲發現了這本日記，才跟小依提分手的？

所以小依是因爲壓抑自己的內心，心悸的症狀才一直好不了？

原來小依是眞的打算推開阿凱一輩子，爲了她哥哥？

阿凡啊，你怎麼有一個這麼笨的妹妹？

混亂的思緒不斷翻湧，眼眶乾了又濕、濕了又乾讓我的眼睛好刺痛。

我翹掉了一整天的課，搭上火車回到嘉義老家，待在台南讓我的心好累。

「姊，妳怎麼突然回來了？」老弟看見我進家門時嚇了一跳。

「你才是爲什麼在家吧？高三生不用上課？」我有氣無力地回應他，將身子甩進沙發裡。

「現在只在等畢業，今天的課很無聊，我就請假嘍。」老弟窩在一旁的沙發玩著手遊。

也許是因爲回到了熟悉的家裡，又因爲昨晚的失眠，身心俱疲的我，很快就進入了夢鄉。

等我醒來的時候，已經是下午三點了。

「你怎麼沒叫我？有沒有什麼東西可以吃？」我坐起身，失神地望著遠方。

「妳看起來好像很累，我就想說讓妳睡飽一點。我幫妳買了紅豆湯，妳熱一熱就可以吃了。」

「哇嗚，我們的小屁孩長大了呢。」我打趣老弟，換來他一根中指，「不過你沒事幹麼買紅豆湯？你應該買個剉冰讓我消消火氣。」

「我想說妳會不會是那個來，所以才不舒服。」

我望著正在玩手遊的老弟發愣，腦海瞬間浮現了阿凱的笑容。

跟他交往一年多的日子裡，每當我月事來的時候，他總會爲我準備一碗熱騰騰的紅豆湯……以後再也喝不到了。

「喂，吳奇達。」

「幹麼？」

「如果……你跟我喜歡上同一個人，你會怎樣？」

「啊？」老弟嫌棄地看了我一眼，「妳有病喔？我又不是GAY，怎麼可能跟妳喜歡同一個人。」

「如果你是呢？如果你喜歡我男友呢？」

「啊？我也不能怎樣啊，妳男友又不是GAY。」老弟突然愣了愣，「不對啊，妳不是跟妳男友分手了？」

「再如果，我死了之後，你突然發現其實我喜歡你的女朋友，你會怎樣？會跟她分手嗎？」我不死心地繼續發問。

「啊？妳喜歡我女友？」老弟放下手機，一臉吃驚地看著我。

「不是，我是說『如果』。」我翻了翻白眼，「如果我死後，你發現我曾經私下寫的日記，上面寫著我很喜歡你的女友，可是我好痛苦、誰來救救我、我好想死、爲什麼我是女生而不是男生……諸如此類很負面的話，你會怎麼辦？」

老弟一臉困惑，卻還是支著下巴，開始認眞思考我的問題。

「嗯……如果發現這本日記，我會滿震驚的吧？也會很自責爲什麼之前都沒發現。」

「那再如果，我當初是因爲跟你一起出車禍，是爲了救你才死的，你會因爲內疚自責，而跟你女友分手嗎？」

老弟滿臉糾結，抱著頭思考了好一陣子，最後他終於一臉悲壯地看著我，「老實說，妳都死了，也不能怎樣啊！而且我女友也愛我，幹麼分手？」

「對吧！正常人都會這麼想的吧？」我開心地拍手。

「喂，妳眞的沒事吧？妳該不會被妳男友甩了之後改變性向了吧？」

「不是好嗎？」我再度翻了白眼。

「妳該不會眞的喜歡我女友，眞的痛苦到想死吧？妳眞的寫了日記？」

我嘆了一口氣，愛憐地摸了摸老弟的頭，「當我沒說吧，你空洞的腦袋要想這麼複雜的事也眞是辛苦你了。」

我拿起桌上的紅豆湯，逕自往我的房間走去。

「喂，姊，妳眞的沒事吧？妳有事要說耶！我絕對罩妳！可是我還是不會跟我女友分手，妳也知道我追她追了多久吧？吳瑾荷！回答我啊！」

在我關上房門之前，老弟還繼續演著他的小劇情，獨自叫囂著。

眞的如老斌所說，我之前所有搞不懂的一切，全都找到了答案。

神奇的是，內心原先紮根的怪異感逐漸消散，取而代之的竟是沒來由的舒心。

可是接下來，我又多了另外的煩惱。

我現在該怎麼辦？跑去跟阿凱說其實小依一直愛著他嗎？還是要說小依是因爲她哥哥才放棄了他？但是阿凱知道了以後會怎麼樣呢？自己視爲兄弟的人愛上了自己……若是阿凱感到反感，那阿凡該怎麼辦？

我每日每夜都在想著這些問題，卻始終沒理出答案。

在畢業專題製作發表會的當天，我四處張望，卻始終沒望見那三個男人的身影。

「下一組，何延凱、楊世偉、林晉民，請上台——」

班導敲了敲麥克風，「延凱出車禍了，他們這組延後報告。」

我的手機訊息聲正好響起，林晉民已經傳來醫院和病房的消息，我顧不得其他人的呼喊，抓起包包便衝出了會議室。

當我終於趕到醫院，看見阿凱安穩地躺在病床上，還有趴睡在病床旁的小依，整個人軟腳跌坐在地，也因此放下了高懸的心。

小依的手緊握著阿凱，眉頭始終沒有鬆開。我走近一看，才發現她眼角的淚痕，還有額上的薄汗，身子不時微微顫抖著。

「對不起……對不起……」

她顫抖的雙唇不斷低聲呢喃，我一時不知所措，伸出手想喚醒她，卻不知道該用什麼表情面對她才好。

她的淚水持續湧出，汗水沿著鬢角滑落。

她看起來好難受，她一直都是這樣的嗎？帶著內疚又自責的心情，獨自承受著。

當她只顧著跟那個男孩談戀愛的時候，忽略了她哥哥的心意。

這麼愛她的哥哥、拚命保護她的哥哥，她卻連他愛著誰都不曉得。

蘇芷依，這個笨女人……比我還要笨的女人……

聽林晉民說阿凱已經清醒了，預計會在醫院住個幾天，小依會待在醫院徹夜照顧。在這期間，我沒有再探望過阿凱。

「妳怎麼都沒來？」林晉民和我在學校的餐廳見面。

「我沒事幹麼去當電燈泡？」

「妳好像變了。」林晉民意味深長地看著我。

「怎樣？變得更漂亮了嗎？」我故意甩了甩頭髮。

「這倒是真的。」林晉民贊同地點頭，「有一種女人的堅韌，在夾縫中還能開花的那種感覺。」

「說什麼屁話。」我翻了個白眼，「所以啊，多介紹男人給我認識！你們街舞社不是有很多小鮮肉？」

「對對對！我本來就想介紹給妳，結果阿凱突然出車禍，害我都忘記了。」林晉民拿出手機，興奮地滑著相片，「妳看這個，笑容很陽光，感覺是妳的菜，小妳兩歲。」

我看著相片裡的男孩，腦中卻瞬間浮現某個人的笑眼……

「不好，我要冷酷型的，最好是霸道總裁。」我將腦中的阿凱趕出去之後，逕自滑到下一張照片。

直到林晉民的女友抵達，我才切入今日約他們出來的重點，透過林晉民女友的關係，我要了老斌的聯絡方式。

我跟老斌約在學校附近的某間超商，我買了兩罐啤酒先行入座，等待老斌的到來。

「嗨。」老斌向我打了招呼後入座，「學姊看起來神清氣爽呢。」

我將上次的紙袋還給他，「沒錯，我終於解脫了，感恩阿凡、讚嘆阿凡。對了，你覺得我們現在應該怎麼辦？直接把日記拿給阿凱看嗎？」

老斌開了一瓶啤酒，「阿凱已經知道了，我本來就打算找妳要回日記，沒想到妳先聯絡我了。」

「什麼？阿凱知道了？他知道阿凡喜歡他了？那他怎麼說？他討厭阿凡嗎？」

「學姊，妳先冷靜。」老斌失笑，又開了一罐啤酒遞到我面前，「他在醫院偶然聽見佳佳跟小依的談話，所以就打給我了，我也不知道他的想法，等等去見他才會知道。」

「是嗎？」我嘆了一口氣，高舉啤酒，「算了，我不想管了，我們也算是同道中人，今天不醉不歸！祝我找到比阿凱帥一百倍……不，一萬倍的男人！」

老斌也舉起啤酒與我碰杯，「嗯……我喔，只要對方心裡面不要藏著另一個人就好。」

「拜託，你的願望可以不要這麼可憐嗎？」語畢，我跟老斌望著對方開懷大笑。

也許是因爲酒精的催化，我們兩個聊著彼此的前任，說著說著，我們都哭了，哭著又笑了。

這場酒宴是我們和過去眞正道別的儀式。

六月初，畢業典禮當天，每個人都穿上黑色的學士服，我們班在系館集合的時候，我久違地看見了已經出院的阿凱。確定延畢一年的他，還是穿上學士服出席了這場畢業典禮。

即使他剛經歷過車禍這場大劫，在他臉上仍不見任何的疲憊跟憔悴。

阿凱似乎發現自己正被注視著，轉頭發現是我時有些愣神。

我沒有躲開他的目光，和他揮了揮手後，走到他的面前。

「好久不見，身體還好嗎？」我指了指他懸吊在胸前的右手臂。

「嗯，好很多了，持續復健的話，很快就會恢復以前的機能。」

「小依沒來嗎？」我四處張望著。

「在路上了。」

我點了點頭，「你跟她怎麼樣了？在一起了嗎？」

阿凱愣了愣，有些尷尬地抓了抓頭，「還沒講到那方面。」

「你們眞是皇帝不急，急死太監，那個笨女人頭腦根本裝水泥，你最好主動一點，不要再讓她亂跑知道嗎？」

我碎念完後，沒有聽見阿凱的回話，我疑惑地抬頭，發現他正看著我笑。

「笑什麼？」

「沒什麼。」阿凱還是笑著，正好在此時被身旁的人喚去。

「瑾荷，待會見。」阿凱向我道別之後，轉身離去。

「笑屁笑。」我自言自語，嘴角也揚起了弧度。

離開系館之前，我又環視了周圍一圈，林晉民的女友已經現身，但始終沒有看見小依的身影。

那個笨女人，該不會顧慮到我，所以不敢出現吧？這種時候還顧慮我，腦子進水啊？

「瑾荷，可以聊聊嗎？」阿凱突然擋在我的面前，一如既往地對我微笑。

「怎麼了？」我跟阿凱移到一旁人流較少的地方。

「沒什麼，就想跟妳說聲畢業快樂。」阿凱原本藏在背後的手驀地伸到我面前，手中握著一根棒棒糖。

「你還記得啊。」我笑了笑，接過了他遞給我的棒棒糖。

「當然，我永遠都會記得，當我的世界陷入一片黑暗的時候，是妳替我照亮了前方。」

我低頭望著手中的棒棒糖，想起在火車站時，第一次接送阿凱回來的場景。

「瑾荷，我一直都很感謝妳抓住了差點掉下去的我，我也很抱歉……對不起，傷害了妳，也無法給予妳任何幸福。」

眼眶中盈滿的淚水，頓時讓我眼前的棒棒糖成了無數的疊影。

「和妳共度的時光，都是讓我能夠繼續活下去的動力，請妳相信我對妳的那些感情都是真心的……對妳，我真的很抱歉，對不起。」

「我知道，我知道你對我的感情都是真心的，所以不要和我說『對不起』，就說『謝謝妳』吧。」

我抹了抹眼角的淚水，抬起頭看向阿凱，他的雙眸映著我的倒影。

也許，這是我這輩子最後一次看見了。

「瑾荷，謝謝妳，謝謝妳出現在我的生命中。」

抵達人聲鼎沸的禮堂，大家各自入座，參與這場告別大學四年生活的盛宴。

當畢業歌響起，回首這四年來所經歷的種種，從胸口不斷湧上來的情緒，讓我再度濕了眼眶。

畢業歌結束以後，幾乎身邊的人都哭成了一團，我不自覺地看向阿凱，他遙望著遠方正在發呆的小依，露出了淺淺的笑容，那彎成新月的雙眼，還有頰上淺淺的酒窩，與我當年初次見到他時的模樣如出一轍。

如果時間倒轉，我依然會義無反顧地牽起那個男孩的手。

即便我和那個男孩沒能走到最後，我還是衷心盼望著他能夠永遠幸福。

我也謝謝你曾經出現在我的生命中，能夠看到你再次揚起幸福的笑容真是太好了，謝謝你教會了我「愛」不是只有一種。

再見了……我的初戀。

番外
走不出的雨季

從我有記憶以來，「妹妹」就伴隨著我，無所不在。

「阿凡，你是哥哥，要保護好妹妹。」

從妹妹還未出生的時候，爸媽就這麼叮囑我，有了身為哥哥的使命，我的童年幾乎都繞著妹妹打轉。

小時候的我認為「妹妹」是必須的存在，是大家都會有的東西。

後來我發現並不是每個人身邊都會有「妹妹」的存在，不過並沒有太在意。

她很常黏著我，一張嘴吱吱喳喳吵個不停，我常常覺得她很煩人，但她不在的時候又覺得太安靜，很不習慣。

她很愛哭，老是讓我煩到發脾氣，然而當她噘著嘴問我是不是在生氣的時候，我又會心軟地幫她擦眼淚。

我常捉弄她，騙她說我喜歡綠色的糖果，卻在她面前把紅色的糖果吃光，她會露出哀怨的眼神，不知道該不該吃綠色糖果的模樣惹得我捧腹大笑。

我以為，我們會這樣一輩子相伴成長，直到妹妹跟我讀了同一所小學……

我每天都照著媽的囑咐，送妹妹到她的教室。

「你是你妹的保母喔？你跟你妹牽手都不會羞羞臉喔？」同班的阿智總是一臉鄙視地看著我和妹妹，或是肆無忌憚地調侃我。

我緊握妹妹的手，起初並不想理會，可他卻變本加厲，起鬨讓班上的同學一起嘲笑我，我開始感到不對勁。

「妹妹保母」這個奇怪的稱號成了我的代名詞，我第一次對妹妹的存在產生了厭惡感。

妹妹還是一樣跟在我身邊，然而我卻不一樣了。

「妹妹保母，今天也在認真工作嗎？」阿智跟小誠大聲嘲笑我。

「我才不是妹妹保母！」

那是我第一次甩開妹妹的手。

後來，我總是刻意和妹妹保持距離，也是從那時候開始，以前吵個不停又像個跟屁蟲的妹妹變得沉默寡言，不再主動靠近我了。

「阿凡，算媽拜託你，你上次不是很想要那個機器人嗎？媽買給你，嗯？」

現在都是媽拜託我，我才會勉強看妹妹一眼。

出門前，媽照慣例讓我們兄妹倆牽著手，等到一離開媽的視線，我就甩開她的手，逕自走在前面，而她一路小跑步努力地緊跟在我身後。

「蘇維凡，你幹麼又帶你妹來啊？」已在公園等候的阿智看到我和妹妹一起出現，又露出嫌棄的臉色，「叫她滾！」

阿智撿起一顆小石子，不偏不倚地砸在妹妹的額頭上。

「你幹麼打她啊！」我著急地擋在阿智面前。

「幹麼？你心疼喔？」阿智和一旁的同夥笑出聲。

「才沒有！」我心虛地大吼，努力轉移其他人的注意力，不再理會妹妹。

那次回家，爸跟媽看見妹妹頭上的傷口，把我痛罵一頓。我害怕妹妹說出實情，隨口亂掰是妹妹不小心跌倒撞傷的，妹妹低著頭，什麼話都沒說。

後來媽也履行承諾，買了那隻我一直很想要的機器人當作照顧妹妹的獎勵。

因爲我的縱容，讓阿智他們更加肆無忌憚，甚至還會伸手推妹妹，而我卻刻意別開頭，忽略妹妹求救的眼神。

每次回到家，爸媽看見全身髒兮兮的妹妹都會念我一頓，我卻總是騙爸媽說妹妹跟我們玩得很開心。

直到有一次，妹妹被阿智推倒在地，弄傷了手也沒有說，回到家才被爸媽發現手掌上的傷口，送去醫院縫了好幾針。

那天，我被爸媽罰跪面壁思過，不僅餓了一整晚，連他們原本答應買給我的玩具車都不作數了。

我的委屈無從發洩，照顧妹妹成了我應該負起的「責任」，加深了我對妹妹的厭惡。

當時的我好羨慕是獨生子的阿智，他想要什麼玩具就能得到，不需要照顧討人厭的妹妹才能得到想要的東西。

「妳在這裡乖乖待著，顧好我的機器人，不要亂跑。」那天去公園後，我一如往常地將妹妹和機器人丟在一旁的長椅上，便頭也不回地跑去跟阿智他們會合。

夕陽逐漸西下，阿智先行離去，我跟小誠還在公園玩了一會兒。

「差不多要回去了吧？」小誠用衣角擦了擦臉上的汗，轉頭忽然開口，「蘇維凡，你妹呢？」

我望向原先妹妹坐著的長椅，發現她和機器人都不知去向，我環顧四周，始終沒看見那個矮小的身影。

「阿凡，這是你妹的鞋子嗎？」小誠撿起掉落在長椅旁邊的一隻鞋子，遞到我面前。

我望著那隻黃色格紋的包鞋，腦內一片空白。

「怎麼辦？你妹不見了，要不要報警啊？」

「等等，她可能只是在附近亂跑，我們再找一下。」我吞了口口水，心裡想著要是把事情鬧大，遭殃的人只會是我，不但會被爸媽打斷腿，想要的鋼彈也可能會泡湯……

我跟小誠翻遍了整座公園，依舊找不到妹妹。

我呆愣在原地，此時才感受到強烈的恐懼感籠罩全身。

天色逐漸昏暗，一道怵目驚心的閃電突然閃現，隨後傳來轟隆作響的雷聲。

嘩啦——嘩啦——

大雨傾盆而下，嘈雜的雨聲讓我的腦袋更加混亂，等我回過神來，已經剩我獨自留在公園。

如果沒有妹妹的話……我曾經在心裡想起無數次的話，此刻突然就這麼實現了，但我一點都開心不起來。

為什麼？我不是很討厭妹妹嗎？為什麼我的心會這麼難受？

雖然討厭妹妹，可我始終記得她最喜歡吃的東西、最喜歡的卡通人物、最喜歡的顏色，還有她總是說最喜歡哥哥了……

我並不是真的討厭妹妹，也並不是真的羨慕獨生子，我只是不想跟別人不一樣而已。

我緊握那隻鞋子嚎啕大哭，站在家門口好一陣子，還是不敢進門。

直到媽打開門，她看見我時嚇了一跳。

「蘇維凡，你去哪裡了？媽媽都找不到你，害我擔心死了！你怎麼全身都淋濕了？」

「媽，對不起……小依不見了……怎麼辦？」

「沒事，小依現在在警察局，我幫你換個衣服再一起去。」

一聽到關鍵字，我不顧媽的呼喊，再次衝進了雨中。

到了警察局，看見妹妹坐在椅子上晃著小腳，我無處安放的心才終於歸位。

「哥哥喜歡綠色的。」妹妹攤開手心，遞給我警察送她的綠色糖果。

看見她手掌上那條縫了好幾針的疤痕，我的心就像被人狠狠揍了一拳。

望著妹妹一如既往的燦爛笑容，我終於明白這些日子以來我對她有多麼殘忍……

從那天起，我便對自己發誓，這輩子絕對不會再放開妹妹的手。

我最親愛的妹妹，是我人生中最美好的存在，她永遠都是我最珍貴的寶物。

每次下雨，我都會想起那個男孩。

第一次跟那個男孩有了交集，就是在一個下雨天。

「她是你妹妹吧？你們一起撐吧！」

男孩遞給我一把傘，我記得他是前幾天剛轉來我們班的新同學。

「那你呢？」

「我不用撐沒關係。」男孩露出笑容，頰上的酒窩深陷，轉身衝進雨中。

我還來不及呼喚他，他已失去了蹤影。

隔天到了學校，我趁他還沒來之前，將折好的雨傘放在他桌上。

我應該親口跟他說聲謝謝的，但自從跟阿智大打一架之後，我已經跟班上的人失去了互動，也不曉得對方安的是什麼心。

男孩似乎也不在意，他的性格開朗，轉來班上不到一個禮拜，就和大家打成一片。

「蘇維凡，早安。」

某次早晨，男孩不知何時朝我靠了過來，我繞過他，不打算理睬。

「你每天都會跟你妹妹一起上學嗎？」

我警覺地皺起眉頭，「你想幹麼？」

「沒幹麼啊，只是很羨慕你跟你妹的感情。」

我困惑地看著他，這倒是第一次有人跟我說羨慕我有妹妹。

「我是獨生子，沒有兄弟姊妹。」男孩聳了聳肩。

「我這輩子最討厭獨生子了。」聽見關鍵字，我惡狠狠地瞪了他一眼。

我沒什麼專長，唯一還說得過去的就是畫畫，每當我完成一幅畫，妹妹就會在一旁瘋狂稱讚我，想到這我就忍不住笑。

我記得妹妹最喜歡扮成小魔女DoReMi……

「蘇維凡娘娘腔！」坐我旁邊的小胖突然大吼，「他在畫女生的東西，好噁心喔！」

小胖搶走我的畫紙到處宣揚，瞬間嘲笑聲四起。

「還給我！那是我要給我妹妹的！」我想拿回畫紙，卻老是被小胖的圓肚撞開。

「妹妹保母！妹妹保母！」

久違的綽號再次在我耳邊環繞，我杵在原地，咬著牙努力不讓眼淚掉落。

坐在最後一排的男孩突然站起身，一把奪回小胖手中的畫紙。

「沒聽見他說這是要給他妹妹的嗎？」那個男孩冷著臉，低頭鄙視著比他還要矮的小胖。

我望向男孩，平常都笑臉迎人的他，第一次露出這麼可怕的表情。

「因爲他是妹妹保母啊！」阿智大喊，周圍又竄出一陣笑聲。

「保母怎麼了嗎？」男孩瞪向阿智，「保護妹妹是理所當然的事，這有錯嗎？」

男孩突然的維護讓我不知所措，我想起前些日子自己才對他說過討厭獨生子的話，頓時慌張地跑離教室。

「喏，這個要給你妹妹的吧？」男孩追了上來，將畫紙還給我。

我還是沒有跟他道謝，不過從那天開始，他就像個跟屁蟲，成天纏著我，問我跟妹妹平常都玩些什麼。

我一開始只覺得他很煩，又想起他是獨生子，便對他有些不信任。

但是當他看到可愛的東西，就會問我要不要送給妹妹，吃到好吃的東西，也會嚷著下次可以帶妹妹一起來吃。

「阿凡的妹妹就是我的妹妹啊！」他這樣對我說。

當那個男孩跟我一樣會牽著妹妹的手不讓她落單、會跟我一樣幫妹妹擦拭沾到食物的嘴角、會跟我一樣蹲下身細心地幫妹妹綁鞋帶……我才確信珍視妹妹的自己並不是異類。

看著他眞誠的模樣，我漸漸地對他打開心房。

第一次看見那個男孩的眼淚，是他相依爲命的奶奶臥病在床的時候。

那陣子，媽都會包好便當讓我跟妹妹送到他家，他似乎對這樣的好意感到羞愧，抱著便當不斷向我們道謝。

「阿凱的奶奶就是我的奶奶啊！」

望著他的眼淚，我第一次這麼堅決地想帶給某個人力量。

男孩的奶奶在幾年後離開了這個世界，他卻總是掛著笑，要我們不用擔心。

我從未如此痛恨自己，沒有任何的能力可以撫平他的憂傷。

我以為我和他的友誼會持續一輩子，直到我發現自己總會不由自主地望向他的笑眼，在他靠近時，心跳聲總是特別嘈雜。

我是不是很奇怪？其他人會這樣嗎？

某天下著大雨，我跟男孩在校門口一起等妹妹下課。他撐著傘站在我身前，我側著傘面，偷偷將他的側臉收至眼底，直到他向迎面而來的妹妹揮手時，我才將自己藏回傘下。

嘩啦——嘩啦——

雨聲完美掩蓋了我狂亂的心跳聲，當他又靠近我時，我終於不用再遮遮掩掩。

「蘇維凡，我喜歡你！」

眼前看起來跟妹妹一樣矮的女孩，遞了一封情書給我。

我低頭望著滿臉通紅的女孩，瓜子臉、窄小的肩膀、細白的手臂……我就像觀察動物一樣審視著她，不帶任何感情。

「給、給你！」女孩見我沒有動作，逕自將情書塞進我手裡。

我拿著情書，手上殘留那女孩的手的餘溫，讓我忍不住皺眉。

爲什麼我會感到討厭？她不就是跟妹妹一樣體型跟骨架的生物嗎？

「哇！蘇維凡，收到情書喔？」男孩不知從哪冒了出來，一把勾住我的肩，他呼出來的氣息全吐在我的脖頸上。

噗通——噗通——

莫名其妙的心跳聲又響起。

「不要動手動腳。」我冷冷地揮開他的手，看似不耐，其實是落荒而逃。

怪異的心情一直在我心中沒有散去，不管收了幾封情書，我對任何的女孩都沒有任何感覺。

「何延凱，我喜歡你！」

當某個女孩勇敢地對那個男孩告白時，我的心跳又開始猖狂——我渴望成爲那個女孩，成爲可以對那個男孩大聲表達愛意的女孩。

當我一意識到這點，眼淚便已告訴我這個願望的結局。

我的心開始下起了無數次大雨，男孩就像絢爛的彩虹，而我卻貪婪著這一道稍縱即逝的顏色。

在我深知自己的選擇不同於其他人的時候，我依舊堅決地希望能一輩子守護那個男孩的笑顏，無關他身爲男人還是女人，只因爲他是存在於我心中的那個人。

我最深愛的男孩，我會藏著這份祕密，直到永遠。

二〇一二年九月九日
我們將男孩家的某間空房打造成我們的祕密基地。
掛在門口的木板是我跟男孩一起做的，完成時我搶先在正中間寫上我的名字。
看見男孩和妹妹各自在我旁邊寫下名字，頓時有種他們會一直陪在我身邊的感覺。
我很貪心吧？男孩跟妹妹都想擁有。
我始終相信，我們三人能夠永遠一直在一起。

二〇一三年三月十八日
男孩學了吉他，說要找我當家教學生的練習對象。
每當他靠得太近，我就會緊張到無法呼吸。
我害怕會被他發現我的心跳聲⋯⋯
他會不會覺得我很噁心？

二〇一三年四月三日
男孩把目標轉移到妹妹身上，讓我鬆了一口氣。
也因爲如此，我在一旁畫畫的時候，就可以正大光明偷看他。

怎麼辦？我好像越來越像變態了……

二〇一三年六月十五日

我和男孩考上了同一間高中，爲此我開心了一整天。

我曾經狠心地想過，如果我不去接妹妹，我就能跟男孩獨處了吧？

可是只要想到妹妹手掌的疤痕，我的心就好難受……

二〇一三年九月二十日

今天下雨了，雨天總是讓我安心，因爲即使男孩靠近，我也不怕他聽見我的心跳聲。

當我看見男孩細心地護著妹妹，不讓她淋到雨，爲什麼我的心裡湧上一股酸澀？

我應該感謝男孩這麼珍視妹妹……不是嗎？

二〇一三年十二月七日

我爲了比賽，參加假日的繪畫班，已經將近三個禮拜沒有去祕密基地了。

今天本來很開心終於可以去了，卻發現似乎有點不對勁。

男孩跟妹妹之間好像有什麼變了，是我的錯覺嗎？

二〇一四年九月二十二日

男孩跟我說他跟妹妹牽手了，他說他喜歡妹妹。

我好生氣好難受，一氣之下對男孩說了很過分的話。

明明不想要男孩被搶走，卻虛僞地說著不想把妹妹讓給他，蘇維凡你眞的很噁心……

二〇一四年九月二十五日

已經三天沒跟男孩講話了，我眞的不知道該用什麼表情面對他。

曾經想過男孩總有一天會有喜歡的人，只是我不知道這天來得這麼快，而且對象還是妹妹……

老天爲什麼對我這麼殘忍？我到底該怎麼辦才好？

二〇一四年十月一日

今天我在路邊發現了一隻受傷的貓咪，全身髒兮兮的。

幫牠洗乾淨後，灰濛濛的毛髮轉變成乾淨的白色。

好想告訴那個男孩這件事，我好想他……難道我眞的要永遠失去他了嗎？

二〇一四年十月三日

男孩又來我家站崗了，我還是沒想好該用什麼表情面對他。

沒想到白雪像是知道我的心思一樣，主動靠近了男孩。

男孩不斷向我求饒，他果然是笨蛋。
你哪有錯，錯只錯在我喜歡你……

二〇一五年二月十八日
白雪過世了，我好難過……
一想到總有一天，男孩會牽著另一個女孩的手離我遠去，我的心就好痛。
也許從現在開始慢慢抽離對他的感情，我之後就不會那麼難受了吧？

二〇一五年三月十二日
我徹底錯了……
遠離男孩的下場，就是加速他跟妹妹之間的感情。
妹妹今天問我男孩有沒有喜歡的人？
我瞬間明白他們之間已經沒有我能再介入的餘地，我的世界好像崩塌了……

二〇一五年五月二十五日
我不知道該如何面對妹妹，我好忌妒她，瘋狂地忌妒。
爲什麼她是女生，而我是男生？爲什麼那個男孩看向的是她，而不是我？
我好幼稚，我還故意吃光妹妹最喜歡的巧克力泡芙。
蘇維凡你眞的很可笑，你是世界上最差勁的人……

二〇一五年六月九日

〈彩虹〉這首歌彷彿唱出了我的心聲，我聽了一遍又一遍，總會想起那個男孩。

總有一天，我也能對著男孩唱這首歌嗎？

二〇一五年七月十五日

妹妹考上我們的高中，我卻一點也高興不起來。

他們兩個越來越靠近，而我卻離他們越來越遠了。

我好痛苦……誰來救救我？

二〇一五年九月九日

男孩說他想跟妹妹告白，我好慌亂……

想到以後要親眼看見他們談戀愛的樣子，我就難受到無法呼吸。

我知道男孩最近腳受傷，故意跟他說如果運動會短跑第一名就能跟妹妹告白，如果是我跳高得了第一名，他就得放棄。

我眞的好噁心、好可恥，可是我已經不知道該怎麼辦了……

二〇一五年十二月二十一日

男孩得到冠軍，終於跟妹妹在一起了，我昨天在頂樓哭了一整晚。

我難受的不是他們交往，而是發現了自己最醜陋的一面……看著那男孩忍著腳痛拚命奔跑的模樣，即使我故意輸了比賽，也無法彌補我對那個男孩的傷害……

他們明明互相喜歡，我到底憑什麼阻攔，蘇維凡你到底憑什麼？

二〇一六年一月三日

快要學測了，男孩不止一次和我約定要一起讀高雄的學校。

他說不同校也沒關係，只要我們都在高雄就好。

我答應他了，然而我的內心卻很抗拒。

二〇一六年五月九日

分發結果下來，確定自己上了台北的學校，我才告訴男孩和妹妹。

看他們一臉震驚的樣子，我很內疚，卻又覺得暢快。

我並不想離開他們，可又不想看見他們甜蜜的樣子。

這樣反反覆覆的情緒折磨著我，讓我每天都好痛苦。

就當作我懦弱得只想逃避吧……這是我唯一能替自己做的事了。

二〇一六年五月三十日

自從知道錄取台北的大學後，我的情緒也漸漸平靜了。

想起妹妹面對我時驚慌失措的樣子，我才知道前陣子的我有多麼差勁。
妹妹從來都沒有錯，我卻總是把自己的不堪加諸在她身上。
對不起，我眞的是世界上最糟糕的哥哥……

二〇一六年六月十五日
今天是畢業典禮，看見男孩跟妹妹相視而笑的模樣，我忽然覺得……他們兩個不就是最美好的安排嗎？
我深愛的男孩珍視著我最親愛的妹妹，妹妹替我守護了男孩的笑容，男孩爲我呵護著妹妹，世界上再也沒有任何事比他們更美好了。

二〇一六年八月十八日
要提前去台北了，內心好複雜。
我想脫離這段讓我傷心又傷神的感情，卻又對這一切感到留戀。
如同這本日記一樣，承載著我一路以來的心情，
想要把它丟棄，永遠不要被人發現，但又想珍藏這一份眞摯單純的心。
想了很久，還是決定把它留下。
就像喜歡男孩的這份心情，總有一天會放下的吧？
再見了，我的男孩。

後記
屬於自己的那道彩虹

謝謝翻開這部作品，看到這一頁的你們。

關於這部作品在最一開始的大綱和設定，其實是想寫三個朋友間的「三角戀」，完全沒有關於「兄妹」的字眼。直到七年前開始動筆的時候，角色之間的關係就自己連結起來，默默發展成現在這個故事了。

在這七年間，這個故事也改寫了好多次，而且是實實在在地打掉重練，花在這部作品的字數，都足夠寫六、七本小說了。

爲什麼這部作品能夠橫跨七年之久？它是我第一部發表在網路上的長篇小說，當時覺得自己寫得超棒，完結的成就感就像得到了全世界。

這部作品寫完以後，我停筆了將近三年，花了好長的一段時間，才慢慢找回了寫作的手感。

可是這部作品很奇怪，不論我修改了幾次，每隔一段時間回頭看，都覺得少了什麼，又會開始著手修改，就像是搔不到癢處，我一直找不到這部作品的「點」。

後來在差點放棄這部作品時，有幸得到編輯小魚的賞識，更有了能夠出書的機會，眞的很開心自己這麼幸運！也很感謝POPO平台和編輯小魚讓我實現了夢想！還記得收到編輯小魚寄來的出版合約時，正好是我生日的前一個禮拜，眞的是這輩子收到最棒的生日禮物了！

這部作品原書名是《當你離開了以後，》我原本以爲這個就是最棒也最適合的書名，因爲我想表達的是——所有發生的事情，都是在你離開了以後。而逗點更是故意加的，因爲想要讓書名有延續這個故事的感覺，所以決定要改書名的那陣子還有點失落呢。

沒想到神奇的事來了，當新版書名《把你藏在雨季》浮現在我腦海時，就像是終於抓到癢了，我終於找到這個故事的Keyword！

因爲「藏」這個字，讓從前那些已經陷入死胡同的劇情，突然全都自己打通了，劈里啪啦地給我好多新的想法，角色們也都自己在我腦海重新演了一遍，修稿時眞的寫得超順，好像它本來就應該要長這樣。

關於角色的部分，阿凱身爲男主，也是唯一一個從七年前到現在都始終如一的角色。

反倒是阿凡跟老斌這兩位，都是在一次又一次的修改之後，角色才漸漸變得立體。

至於小依雖然身爲女主，卻像陶土一樣，每次修改的心態和情境都不一樣，她都是呼應著別人，才漸漸雕塑出屬於她自己的樣子。

關於主題曲的部分，〈晴天〉和〈大人中〉一開始純粹是我私心納入，沒想到歌詞的意境竟然也非常適合，就這麼套進故事裡面了。

阿凡的主題曲其實一開始選定的是別首歌，但寫到番外關於阿凡的章回時，原本那首歌怎麼也套不進去阿凡的心境。

直到我想起自己寫的某句文案——他就像一道絢爛的彩虹，而我卻貪婪著這一道稍縱即逝的顏色。

我去聽了〈彩虹〉之後，覺得每一句歌詞都像是阿凡在對我唱著，即使他深陷在那場毫無停歇的雨季，他還是由衷盼望著那一道遙不可及的彩虹。

主題曲的部分也有個很神奇的地方，在我完稿後，將每首主題曲的歌詞都列出來，發現了一件驚人的事——每一首歌詞裡竟然都有「雨」！發現這美麗的巧合，真的是感動到熱淚盈眶啊！就像是阿凡說的：這不就是最美好的安排嗎？

在寫這部故事的過程，就像是一開始淋了場大雨，到後來漸漸放晴，直到迎來了絢爛的彩虹。

也許每個人都有困住自己的雨季，期許你們的天空都能夠有陽光普照的那一天，等到屬於自己的那道彩虹。

二〇二二年五月　禾子央

國家圖書館出版品預行編目資料

把你藏在雨季／禾子央著. -- 初版. -- 臺北市 ： 城邦原創股份有限公司出版：英屬蓋曼群島商家庭傳媒股份有限公司城邦分公司發行, 民 111.07
面；公分. --

ISBN 978-626-96353-0-6（平裝）

863.57　　111010921

把你藏在雨季

作　　者／禾子央
企畫選書／楊馥蔓　　行銷業務／林政杰
責任編輯／游雅雯、林辰柔　　版　　權／李婷雯

網站運營部總監／楊馥蔓
副總經理／陳靜芬
總　經　理／黃淑貞
發　行　人／何飛鵬
法律顧問／元禾法律事務所　王子文律師
出　　版／城邦原創股份有限公司
台北市中山區民生東路二段 141 號 6 樓
電話：(02) 2509-5506　傳眞：(02) 2500-1933
E-mail：service@popo.tw
發　　行／英屬蓋曼群島商家庭傳媒股份有限公司城邦分公司
聯絡地址：台北市中山區民生東路二段 141 號 11 樓
書虫客服服務專線：(02) 25007718・(02) 25007719
24小時傳眞服務：(02) 25001990・(02) 25001991
服務時間：週一至週五09:30-12:00・13:30-17:00
郵撥帳號：19863813　戶名：書虫股份有限公司
讀者服務信箱 email：service@readingclub.com.tw
城邦讀書花園網址：www.cite.com.tw
香港發行所／城邦（香港）出版集團有限公司
地址：香港灣仔駱克道 193 號東超商業中心 1 樓
email：hkcite@biznetvigator.com
電話：(852)25086231　傳眞：(852) 25789337
馬新發行所／城邦（馬新）出版集團 Cité(M)Sdn. Bhd.
41, Jalan Radin Anum, Bandar Baru Sri Petaling,
57000 Kuala Lumpur, Malaysia.
電話：(603) 90578822　傳眞：(603) 90576622
email:cite@cite.com.my

封面設計／Gincy
電腦排版／游淑萍
印　　刷／漾格科技股份有限公司
經　銷　商／聯合發行股份有限公司
電話：(02)2917-8022　傳眞：(02)2911-0053

■ 2022 年（民 111）7月初版　　Printed in Taiwan

定價／300元

ISBN　978-626-96353-0-6